»Einwanderern wie Aras Ören«, schreibt Hans Magnus Enzensberger, mache man es hierzulande schwer: »Stillschweigend und auf seine Weise folgt der literarische Betrieb den Spielregeln der Ausländerbehörde.« Dabei kommen Fremde seit Jahrtausenden nach Europa und werden hier heimisch. »Ohne die Neuen und ihr Gepäck wäre die Welt nicht die von heute«, weiß Ören. Dennoch sehen sich die, die herkommen, immer wieder Anfeindungen ausgesetzt. Und sie selbst müssen sich verändern, denn die fremde Kultur konfrontiert sie mit neuartigen Gebräuchen und Sitten.

Aras Ören hat sich mit diesem Konflikt immer wieder auseinandergesetzt. Dieses Lesebuch präsentiert einen Querschnitt durch sein reiches Werk, in dem seit den Sechzigerjahren immer wieder festgestellt wird: »Die Fremde ist auch ein Haus.«

Aras Ören, 1939 in Istanbul geboren, lebt seit 1969 in Berlin. Er war Redakteur des SFB und Leiter der türkischen Redaktion von Radio Multikulti des RBB. Seit 2012 ist er Mitglied der Akademie der Künste, Berlin. Ören schreibt auf Türkisch und arbeitet bei der Übersetzung seiner Werke ins Deutsche mit. Einige seiner Werke erschienen zuerst auf Deutsch. Im Verbrecher Verlag erschien 2014 der Erzählungsband »Kopfstand« mit Illustrationen von Wolfgang Neumann.

Aras Ören

Wir neuen Europäer

Ein Lesebuch

Mit Illustrationen von
Wolfgang Neumann

Herausgegeben von
Friederike Fahrenhorst

VERBRECHER VERLAG

Mit freundlicher Unterstützung des
Literaturforums im Brecht-Haus Berlin

Erste Auflage
Verbrecher Verlag 2017
www.verbrecherei.de

Satz: Christian Walter
Druck und Bindung: CPI Clausen & Bosse, Leck

ISBN: 978-3-95732-191-6

Printed in Germany

Der Verlag dankt Insa Hansen-Goos, Antonia Langenberg, Hannah Paxian, Tristan Wagner und Werner Boschmann

Vorrede

In diesem Buch sind Gedichte, Auszüge aus Romanen, Reden und Kurzgeschichten aus meinem Werk zusammengetragen. Die Texte erzählen die Geschichten von Flüchtenden, Einwanderern, Immigranten. Sie widmen sich einem der größten Themen der Menschheit.

Mit jedem Von-etwas-Weggehen / Zu-etwas-Hingehen sind Freude und Hoffnung verbunden, gefolgt vom Prozess der Metamorphose, der stets Elemente einer Tragikomödie aufweist. Diese Metamorphose kommt nicht ohne Trotzreaktionen und Widerstände aus – bis endlich ein veränderter, neuer Mensch gereift ist – bestenfalls ein Citoyen.

So ist es, so war es, so wird es wieder sein. Ohne die Neuankömmlinge und ihr Gepäck wäre die Welt nicht die von heute.

In diesem Lesebuch lassen sich sechs Aspekte dieser Metamorphosen entdecken:

1) Der Homo sapiens als Weltwanderer
2) Hoffnung und Träume
3) Facetten des Kommens
4) Die Tragikomödie der Realität: Das Zusammenleben
5) Die Metamorphose – langsam, langsam
6) Wir, die neuen Europäer

Es ist eine Lesereise durch die Gefühlsebenen des Weggehens und Ankommens.

Aras Ören
Januar 2017

Deutschland, ein türkisches Märchen

Man nährte unsere Hoffnung
mit Geheimnissen:
Sogar die Fahrbahnen sind von unten
mit Zentralheizung ausgelegt –
so sagte man uns, wir glaubten's.

Der Schnee ist weiß, wenn er vom Himmel fällt,
und grau von Ruß, wenn er unten ankommt.
So erhaben die Technik ist,
so sehr verschönt sie die Natur –
so sagte man uns, wir glaubten's.

Die Tage zerrinnen,
die Sachen auch.
Ist in dein Gesicht ein Schmerz eingestickt? –
so sagte man uns, wir sahen's nicht.

Hebel umlegen, auf Knöpfe drücken,
dafür kriegst du Geld.
Und eine Regierung ist da, du meinst,
die wird niemals abgesetzt –
so sagte man uns – und schon bist du reich!

Ist in dein Gesicht ein Schmerz eingestickt? –
so sagte man uns, wir sahen's nicht.

I

Ali hob an:

Immer dieses entsetzliche Gehetze
von Juni zu Juni – welcher Juni überhaupt?
Nein, nicht neuerdings, gnädige Frau,
ich meine die Nachkriegsjahre.

Ich sah Sie die letzten Trümmer wegräumen.
Damals umwogte Sie noch kein
Duft von Madame Rochas,
Sie waren auch weniger korpulent.

Die Schönheit südlicher Meere, die Sie berauscht.
Nein, das Essen (nun ja, daran hapert es dort)
wurde Ihr Lebensinhalt.

Sehen Sie, aus mir ist auch jemand geworden.
Einst war ich eine Schnecke,
jetzt halte ich ein Schwert in der Hand,
drei Federbüsche auf dem Kopf.

Ja so, Sie haben recht, man sollte die alten Tage
nicht erwähnen.
Jedenfalls waren Sie weniger korpulent.
Warum bewacht eigentlich dieser fette Hund
Ihre Einsamkeit?

II

Tante Emma hob an:

Meine Korpulenz geht Sie gar nichts an!
Außerdem bin ich gar nicht so dick, Freundchen.
Was wollen Sie damit sagen? Soll ich
meine geheimsten Gefühle – sprich Ängste –
hier beim Essen ausbreiten?

Sieh mal, ich will dir was erklären,
ohne mich zu verteidigen:
Die Bürokratie-Missionare
führten mich auf ihren Weg zur abstrakten Liebe,
jeden Morgen verschmolzen wir wie
zwei Liebende: mein Wecker und ich.

Ich sehe meine Umgebung, jawohl, ich sehe sie.
Manches ist nicht in Ordnung.
Du sprachst von südlichen Meeren,
vom Essen – nun ja, daran hapert es dort –
mag sein, daß du recht hast,
ich war auch weniger korpulent.

III

Ali hob an:

Ich lief langsam und kam spät:
                                        – ich war eine Schnecke –
jetzt halte ich endlich ein Schwert in der Hand,
drei Federbüsche auf dem Kopf.
Ich hab ein Geschäft gekauft, hab ein ganzes
Stockwerk gekauft.
Ich hab Geld.

Wie ich hierherkam – ich weiß noch:
                                        mein Gesicht war
                                        nicht so,
                                        es war anders,
                                        aber es war doch
                                        mein Gesicht.
Es war so unbewegt
wie eine Reihe Holzboote auf einem toten Gewässer.

IV

Tante Emma hob an:

Welkes Mondlicht scheint aus meinen Augen.
Was soll noch sein?
        Nimm die Natur, setz sie auf deinen Balkon,
        drei Quadratmeter lila Usambaraveilchen
        und diese ordinären Pelargonien,
        wie von einem blaugemusterten
        Porzellanteller heruntergekratzt.

Das strahlende Lächeln der Reklamegesichter –
ist das d a s L e b e n?

V

Ali hob an:

Wenn auch der Mond auf die Häuser scheint,
die Häuser sind wie Mädchen,
denen man mit Gewalt ihr Haar abschnitt.
Die Häuser stehen für sich,
die Brücken sind abgerissen,
niemand gelangt über den Fluß.

Einst
erwachte ich morgens mit einem Alptraum:
 ein alter Nachbar war gestorben,
 der Leichenzug hielt noch im Garten.

 Ein zartes Gefühl übermannte mich,
 »Weine doch«, sagte ich zu mir selbst,
 »weinen ist lieben,
 und die Liebe ist ein Vogel,
 der sich auf unseren Bart setzt, und sei er weiß.«

Ja, die Hoffnung verließ mich nie im Leben,
aber was soll ich jetzt hier
 mit den verdorrten Pappeln anfangen –
 und ob die grünen wohl noch
 an ihrer Stelle stehen?

Was ist los in der Naunynstraße? (Fragment)

Du siehst hinaus und plötzlich ist
die Naunynstraße eine Steppe,
da wachsen Dornensträucher,
in den Bäuchen der Dornensträucher
blühen lila Sonnen.
Du läufst, die gesprungene Erde
riecht bitter. Das Fernweh deiner Füße
ist Brot geworden und macht dich stark.

Vor dir in schattigen Tälern eine Fata Morgana.
Ein finstrer Riese qualmt aus den Fabrikschornsteinen
und löst sich über deinem Kopf zu Rauch auf.
Ein wenig später ist da eine Asphaltstraße
mit brummenden Autos.

Wenn du vergessen hast, deinen Wecker zu stellen,
und länger schläfst,
hat der Tag noch nicht angefangen.
Ein nicht angefangener Tag allerdings
ist in deiner Lohnabrechnung
nicht vorgesehen.
Unerträglich, so ein lohnloser Tag,
und würden auch seine Annehmlichkeiten
nie zu Ende gehen.

Du trittst aus diesem Haus in der Naunynstraße,
blickst auf den kahlen Baum im Hof,
dessen schon lange verwelkte abgefallene Blätter
sie in einer Hofecke zusammengefegt haben,
blickst auf diesen feuchten, modernden Haufen in der Ecke,
auf Mülltonnen, auf Zwiebelschalen, die
aus Plastiktüten heraushängen, Konservendosen,
eine Couch mit kaputten Sprungfedern dahinter,
einen zerrissenen Lampenschirm, siehst Kinder,
die Himmel und Hölle spielen, überquerst
diesen im hellen Tageslicht noch halbdunklen Hof,
stehst endlich draußen und läufst los,
die ganze Straße hinunter, an alten Leutchen vorbei,
die mit sanften Schritten ihre Hunde auf den
breitpflastrigen Bürgersteigen spazierenführen.

Ein Mann bleibt stehen und sieht dich an.
Sieht die Fremde in deinem Gesicht. Du siehst ihn an.
In euren beiden Gesichtern ist eine Fremde,
ein seltsamer Kummer, der wie ein sauerlicher Geschmack
euer ganzes Leben durchzieht.
Deine Fremde ist seine Fremde,
seine Fremde bist du.
Denn er ist wegen des täglichen Brotes verbannt
in die Straße, in der er geboren wurde,
und du bist wegen des täglichen Brotes verbannt
in die Straße, in der er geboren wurde.

Und plötzlich ist die Naunynstraße eine Steppe,
da wachsen Dornensträucher, der Geruch von
kümmeligem Fladenbrot liegt in der Luft und
Pappeln wachsen am Weg, eine lange Reihe ...
Die Fremde ist nicht mehr die Fremde, sagst du,
und trotzdem bist du verbannt, weil die Pappeln,
eine lange Reihe, in Wirklichkeit
gar nicht in der Naunynstraße wachsen.

Die ersten, die in diese Straße kamen, sind gegangen,
die danach kamen, wohl auch:
die einen Neuanfang versuchten und wie in den Wolken
schwebend keinen Fuß auf die Erde brachten.

Die jetzt hier wohnen, wissen genau,
was sie wollen. Hikmet, Yahya, wie sie auch heißen,
anatolische Landstraßen kennen sie nicht,
Schakale, die in den Nächten heulen, das Fortgehen
in die Einsamkeit, das Wiederkommen, das Wandern
von Ort zu Ort, nur mit einem nach Tabak
riechenden Atem allein ... und endlich
für immer in die Heimat zurückkehren ...
Darum vermissen sie nicht den Schatten der Pappeln,
in dem man sich ausstreckt, um
ein kühles Bier zu trinken.

Da gab es ein Kino
Naunyn- Ecke Manteuffelstraße
mit einem alten Vorführer,
der setzte den Film in Gang
und ging dann hinaus auf den Hof,
einen Flachmann kippen.

Das Kino haben sie abgerissen
und den ganzen Block gesprengt.
Mit den leeren Grundstücken und Baustellen
ist eine neue Jugend gekommen,
die andere Träume hat.

Sie streikten,
vielleicht zum ersten Mal in der Geschichte,
nicht für höheren Lohn,
sondern wegen der Wohnungen, die man für sie geplant hatte.
Sie sagten:

Diese Straße ist unsere Straße,
wenn auch keine Pappeln hier wachsen in langer Reihe.
Diese Wohnungen sind unsere Wohnungen,
wir sind die Architekten, wir sind die Bauleute,
wir sind die Besitzer, wir sind die Mieter,
wenn auch keine Pappeln hier wachsen in langer Reihe,
wir werden es uns in den Wohnungen,
wie unter Pappeln ausgestreckt,
bequem machen.
Darum
muß man Lage, Schnitt und Bauart der Wohnungen
neu planen,
muß man dafür sorgen,
daß die Ruhe des Pappelschattens
auch in diese Wohnungen einzieht.

…

He Mondlicht auf staubigen Kisten,
leuchte den Mäusen,
bleib da!
He ihr, die ihr euch nach dem kühlen Schatten
alter Pappeln sehnt,
bleibt da!
He ihr, steigt ins Flugzeug,
holt sie her,
eine lange Reihe!
Und später, wenn sie vertrocknen,
seht zu,
wo sie bleiben!
Es ist was los in der Naunynstraße!

Der Mann, der Europa veränderte

Wegweisersprüche hörte man aus seinem Munde nie,
nie sah man seine Faust geballt,
verführen ließ er sich auch nicht von schönen Worten,
grub tief die Hände in die Taschen.

Im Knopfloch steckte nur noch eine rote Nelke,
verwelkt, Relikt von einem Ersten Mai,
an einer Mauer aufgespießt, zahllose seiner Schreie,
die immer noch zu sehen sind.

Weit weg der Weg, nächtelang schlaflos,
gerahmtes Bild,
bestehend aus unharmonischen Elementen,
wer weiß, wer es malte.

Auf diesem Bild, das ihm durchaus nicht ähnelte,
sah man sein lachendes Gesicht,
das ihn und jeden anderen Betrachter täuschte,
und ölverschmiert war seine Arbeitskleidung.

Die Achthunderttausend

Wie kranke Fische waren sie,
in Aquarien ohne Sonnenlicht,
wie kranke Fische waren sie, in schlammigem Wasser,
in diesen Gegenden wie schlammige Aquariengewässer.

Ob es achthunderttausend waren,
ob es mehr als achthunderttausend waren –
gesprochen wurde in ihrem Namen,
in ihrem Namen wurde gefeilscht,
beschlossen wurde in ihrem Namen.

Da war das Warten, das Ausfüllen der Formulare,
das Laufen hin und her.
Dann dieses Warten und wieder Warten:
vielleicht drei Jahre,
vielleicht drei Jahre und länger.
Dann die Stempel, versiegelte Umschläge,
und in den versiegelten Umschlägen
waren die Hoffnungen eingeschlossen,
wie Zeit und Geduld,
von einem jungen Mädchen
eingestickt in seine Stickerei.

Fazil Usta war einer von ihnen

Die aufgeplatzten Honigfeigen in unserem Garten,
bitter sind sie geworden.
In einer Zeit leben wir,
wo Vaters Handwerk, wo der Kupferschmied
nicht mehr ernährt
die achtköpfige Familie.
Voll von Plastikgeschirr
stehen die Läden.

So sprach Fazil Usta,
hängte ein schweres Vorhängeschloß
an die Ladentür
und ging zum Arbeitsamt,
sich einschreiben lassen.
Nimm an, du sagst: Ich gehe
dem Brot nach. Was ist daran schlecht?
Nimm an, Geduld führt dich ans Ziel.
Nimm an, nun bist du hier ...

Dreieinhalb Jahre wartete Fazil Usta,
bis die Reihe kam an ihn.
Als in München der Zug
in die Bahnhofshalle fuhr,
da murmelte er
»In Gottes Namen«,
schnappte seine Koffer, und
während die Griffe in seine Hände drangen,
setzte er, wie der Glaube es will, den
rechten Fuß zuerst, ein wenig nervös
auf den Boden von Almanya.
Der Lautsprecher rief sie
zum Zug nach Essen.
Sie stellten sich in eine Reihe,
und der Herr Dolmetscher
prüfte ihre Personalien.

Essen, eine verqualmte Stadt.
Nachts, 22 Uhr,
am Himmel die roten Flammen
der Stahlwerke …

Nimm an, deine Papiere, die Unterschriften und all das
sind in Ordnung.
Nimm an, du bemerkst sie nicht,
die Last der Akten und Stempel,
die du mitschleppst auf dem Rücken …

Die ersten sechs Monate teilten sie ihn
einem Walzwerk zu.
Er zog Draht, kilometerlang.
So lang, bis zum Geschäft des Importeurs Hamdi Bey
im Basar der Kupferschmiede.
Und abends, nach Arbeitsschluß,
wenn er müde auf seiner Pritsche lag,
döste er vor sich hin, dachte
dösend an Tauben
in einem Hof mit Laubengängen.

Zwischen seinem eigenen Geschäft
und dem von Hamdi Bey
waren jetzt diese Drähte,
Stacheldrähte,
nicht zu übersteigen.

> Die aufgeplatzten Honigfeigen in unserem Garten,
> sind sie bitter geworden,
> so liegt das an den schlechten Zeiten.
> Die Regierung trifft keine Schuld.
> Seht nur, die Vorzeichen sind da:
> Lange schon gaben die Menschen
> Religion und Glauben auf.
> Verachtet werden die Werte des Geistes,
> seit der Pascha, der blauäugige,
> Anfang der zwanziger Jahre stürzte den Sultan.

Es mag sein,
daß du so denkst,
daß du dich davonmachst vor deiner Wirklichkeit.
Es mag sein,
daß du hereinfällst auf jene,
die in Schlössern und Hochhäusern sitzen
und auf vielerlei verlogene Art
dich hereinzulegen suchen.

Bevor neun Monate um waren,
geriet dem Fazil Usta
in die drehenden Walzen
der Mittelfinger der rechten Hand.
Und der Arzt schrieb ein Attest, daß dies
seine Arbeitskraft mindere »um 15 Prozent«,
und in jenem Monat gaben sie ihm 400 Mark mehr.
Zuerst fluchte er vor jedem, der
ihm über den Weg lief:
Verflucht sei alles, was denen heilig ist,
die mich hierher schickten,
verflucht sei, was denen heilig ist!

Dann aber, als der Schmerz verging,
bereute er.
Schicksal, sagte er,
dies ist Geschick, sagte er,
und er nahm seinen silbernen Ring
aus dem Taschentuch
und steckte ihn mit einem »In Gottes Namen«
an die linke Hand.

Nimm an, du möchtest nie sein
wie diese Menschen hier,
die in ihrer Unfreiheit
an die Freiheit nur denken und
denken, daß alles
beginnt und endet
zwischen den Mauern
aus Stahl und Beton und Ziegelsteinen;
die Blumen lieben,
gefangen seit endlosen Zeiten bis in endlose Zeiten
in der Ordnung und Disziplin der Kasernen;
die das grünende Grün betrachten
in den Töpfen vorm Fenster;
oder die mit Schnaps den Tag beginnen
und mit Schnaps den Tag beenden;
oder die in einer Ecke sitzen,
schläfrig wie wie Kranke.

Begriff er auch nicht, der Fazil Usta, daß er
mit seiner Arbeitskraft nicht nur
die Drähte gezogen hat – vielmehr zogen
die Drähte an ihm, zogen
ihn in die Walzen – so bemerkte er doch:
Eine Plage, wie er es nannte, breitete sich aus
in der Welt, erhob Unrecht zu Recht,
Ungleichheit zu Gleichheit und machte
die Menschen unmenschlich. So viel
sah Fazil von der Welt.

Also denke nicht so:
Mein Jahresvertrag ist abgelaufen.
Jetzt arbeite ich wieder auf dem Bau
für 5,75 Stundenlohn.
Jeden Tag zwei Überstunden
und am Samstag einen halben Tag mehr.
Alles andere kümmert mich nicht.
Ich verdiene gut. Ich spare.
In der Türkei soll die Lage
verworren sein.
Die Regierung soll harte Maßnahmen
planen.
Wird der Linken erst einmal
der Schädel zerquetscht, dann
soll alles in Ordnung kommen,
dann soll mit unseren Devisen
der Aufbau beginnen.
Dann soll, dann soll ...

Sieh doch: Die Krallen sind scharf
und spitz die Zähne derer, die
in deinem Namen sprechen,
in deinem Namen feilschen,
in deinem Namen beschließen.

Und ihre Gesichter lachen vor den Kameras.
Denn prächtig verdienen sie,
solange du wie kranke Fische bist,
in Aquarien ohne Sonnenlicht,
schwappend
im schlammigen Wasser
von einem Rand zum andern Rand.

Halime flocht ihre schwarzen Haare

Halime hat einen schlechten Geschmack im Mund,
er ist ganz trocken.
Seit gestern ißt sie nichts.
Sie fastet. Schläfrig blicken ihre Augen.
Die Kinder schickte sie hinaus,
als es dunkel wurde.
Sie flocht ihre schwarzen Zöpfe,
dick wie ein Handgelenk,
vom Nacken herabfallend,
und zog ein Kopftuch über.

Aus der Handtasche nahm sie
eine viermal gefaltete Heftseite, beschrieben von Hodscha Arif.

Sie konnte nicht lesen,
doch sie tat so. Warum auch sollte sie
das verstehen. Wichtig war
das Wunder, das sie sich
davon erhoffte.

Und dies stand auf dem Papier:
> Will jemand weder Sohn noch Tochter haben,
> so soll er donnerstags, wenn der Himmel dunkelt,
> wenn es Abend wird, mit Zuckerwasser
> sein Fasten brechen
> und nach dem Abendgebet,
> auf seinem Gebetsteppich in Richtung Mekka sitzend,
> 32mal diesen Koranvers aufsagen ...

Als Halime merkte, daß sie ein Kind bekam,
war sie zu Hodscha Arif gelaufen,
nun machte sie, was er ihr gesagt hatte.
In einem Monat nämlich wird ihr Mann,
nach einer Amnestie aus dem Gefängnis entlassen,
in Berlin sein.
Angenehm schmeckte das Zuckerwasser.

Sinnend saß sie auf ihrem Gebetsteppich,
dachte nichts, sagte nichts,
und in der Verlassenheit des Abends
sah sie sich an einem Ufer, weit, so weit.
Die wilden Pflaumen küssten das Meer an seinem Ufer,
über die Hänge zogen sich Lorbeer
und Oliven,
dichtgedrängt die Reiser,
und endlos war das Meer
mit seinem schäumenden Rauschen.

Das Meer hatte Halime in Istanbul gesehen,
zum ersten Mal im Leben,
als sie aus dem Zug stieg und übersetzte
zur europäischen Seite.
Sie hatte nur das Ufer gesehen,
die riesenhaften Gebäude und Kräne,
und am Kai lagen Dampfer, groß, mit vielen Kabinen.

Halime, ohne ihren Mann Cemal seit fünf Jahren.
Auf dem Dorf, in der Lehmhütte,
wenn abends die Lager ausgebreitet wurden
auf dem Fußboden
und alle Hausbewohner beieinander lagen,
hörte sie ihren frisch verheirateten Bruder
und seine Frau sich keuchend lieben.
Halime fühlte nur
diese warme Nässe zwischen ihren Beinen.

In Berlin, in der Naunynstraße
(nach fünf Jahren Sehnsucht nach ihrem Mann),
hatte sie das erste Mal fremde Männer geschmeckt.
Wenn sie mit ihnen schlief,
vor dem Schrank mit dem zerbrochenen Spiegel.

Kázim Akkayas Antwort oder: Dann gehe ich eben zum Staat

Hinterher, in einer Reportage des Fernsehreporters
Fritz Zimmermann, erklärte, was geschehen war,
Kázim Akkaya so:

Als ich zum »Sozialisten-Verband der Naunynstraße«
kam, waren alle aus unserer Straße da.
Die meisten hatten auf dem Rückweg vom Kino
hereingesehen, selbst Säuglinge waren dabei.
Alle kannten sich schon lange und gut,
hatten ihre Gedanken zusammengelegt
beim Versuch, die Probleme zu lösen, die Knoten,
die nicht von ihnen geknüpft waren,
die sie aber fesselten.
Niyazi und Horst füllten Steueranträge aus.
Ein paar Illegalen
gab der Student Osman gute Tips,
redete auch wie ein Klugscheißer daher,
unverständliches Zeug.
Die Leute aus Isparta hockten in einer Ecke
und jammerten über die Wohnungsnot. Der Krämer
Memet saß beim Tee mit düsterem Blick.
Halime füllte ein Formular aus,
die Anforderung ihres Mannes, kurz
vor seiner Entlassung.

Also du siehst, es lag jeder
im hautnahen Kampf mit den Alltagssorgen.
Da schämte ich mich,
um Rat zu fragen,
der Zukunft eines Toten wegen.
Denn, nicht wahr, wie könnte man
von Toten reden
angesichts der Sorgen der Lebenden?
»Tot ist tot, mag er hier begraben werden«, sagte ich.
Wie aber, wenn ihn die Knochen schmerzen?
Wieviel hat er im Diesseits ertragen,
da kann man ihn
nicht auch noch im Jenseits quälen.

Zumal, er kann nun dazu
nichts mehr sagen.
Morgen stehen wir alle vor Gott,
und nimmt mich Fazil dann am Kragen,
was soll ich antworten?
Also, es fraß und bohrte in mir,
es summte in meinem Schädel.
Was tun?
Die Versicherung zahlt die Überführung
der Leiche nicht. Beinah viertausend Mark
soll das kosten. Ersparnisse hab ich,
aber unsere eigene Zukunft?
Für uns gibt es im Leben

keinen Baum mehr, vorsorglich gepflanzt.
Wie lange noch werden wir
uns melken lassen?

Plötzlich, da hatte ich eine Idee.
Ich sagte mir, ich gehe zum Staat.
»Wie geht's, wie steht's?« fragte Kâmil.
»Gut«, sagte ich.

Zum Staat gehen, das
leuchtet mir immer mehr ein.
War es nicht der Staat, der beschlossen hatte,
daß wir hierherkommen sollten?
War nicht er es,
der über uns richtete, der uns schützte?
Dessen Beamte über uns beschlossen
und uns verkauften wie eine Ware?
War es nicht der Staat, der diese Sprüche klopfte:

> Ihr heldenhaften Arbeiter
> in der Fremde!
> Im fremden Land dient ihr
> der Heimat.
> Dank der von euch verdienten Devisen
> strebt das Vaterland
> lichtvollen Horizonten entgegen!
> Der Dank der Heimat ist euch gewiß;
> ihr werdet mit euren Problemen
> auf keinen Fall allein gelassen!

Am nächsten Tag, Montag,
in aller Frühe, als ginge es
zur Arbeit, sprang ich in die U-Bahn,
kam zu des Staates Tür.
Schweres Gedränge. Eingeschüchterte Leute, Papiere
und Ausweise in den Händen, waren da,
um Auskunft zu bitten,
Frauen und Kinder neben sich.

Ich trat in eins der Zimmer.
Ein Beamter schnitt mir den Weg ab.
»Deine Wartenummer«, sagte er.
»Hab keine«, sagte ich.
»Geh, hol dir eine Nummer«, sagte er,
»ist das hier ein Stall?«
»Nein, der Staat ist das hier,
zu ihm bin ich gekommen«, sagte ich.
»Tier von einem Kerl,
nichts kapierst du«, sagte er.
»Dann bin ich hier falsch.
Bin ich ein Tier,
muß das ein Stall sein«, sagte ich.
Er begriff nicht.
»Die Nummern sind für die Lebenden,
was ich will, betrifft den Tod«, sagte ich.
Der Mann: »Nun red nicht so viel,
hol dir eine Nummer und stell dich an.«
»Misch dich nicht ein, ich möchte
den hohen Herrn selber sprechen,

der hier den Staat vertritt.
Er braucht Hilfe,
mein verstorbener Schwager Fazil.«
Also schob ich den Mann beiseite
und tauchte weiter nach hinten.
Plötzlich stand ich vor dem schnurrbärtigen Herrn,
der im Namen des Staats
hinter dem Schreibtisch saß.
»Hinaus mit dir!«, dröhnte er.
»Aber«, sagte ich,
»wir sind doch die Arbeiter,
denen ihr in der Fremde
die Hand reichen wolltet.
Wir sind doch ...«
»Scher dich davon«, sagte er wieder,
»Geh, hol dir eine Wartenummer
und sag dadrinnen, was du willst!«
»Ich will es aber dir erzählen,
und du sollst mir zuhören«, sagte ich.
»Raus mit dir, du Flegel!«, schrie er,
»Glaubst du, dieses Amt
hat mir dein Vater gegeben?
Es ist meine Pflicht ...«
»Wer immer dir
dieses Amt gegeben hat,
dein Gehalt wird von meinem Lohn bezahlt.«
»Was fällt dir ein, Bursche,
raus mit dir!«, schrie er noch einmal.
Also hatte mich der Staat fortgejagt.

Statt mich an seine Brust zu drücken,
wollte er mich nicht einmal anhören.

Draußen, unter einem Kastanienbaum,
holte ich Luft.
Wenn er mich nicht haben will, dachte ich,
dann will ich auch ihn nicht.
Einen Pflasterstein
hob ich auf,
schleuderte ihn gegen das Fenster des Staats.
Die Scheibe klirrte,
die Polizei kam.

Fritz Zimmermann: Kâzim, noch eine Frage.
Bei unserer ersten Unterhaltung
sahst du anders aus;
du warst zufrieden mit dem Leben,
du hast dich gebrüstet, der Liebling des Meisters zu sein.
Wie ist das gekommen?
Warum bist du arbeitslos geworden?
Erzähl doch ...

Kâzim: Mein Leben ist ein richtiger Roman,
für einen, der es versteht.
Ich hatte gesagt,
wer das Schiff rettet, ist der Kapitän.
Das war damals.
Aber dahinter steckte etwas,
auf das ich erst jetzt gekommen bin.

Ich hatte gut Arbeit, dachte nur an mich.
Ich verdiente gut. Was scherte es mich,
wenn die Welt unterging.

Man muß nur einmal sehen,
was die so anstellten, meine Arbeitskollegen.
Während ich – Gott stärke
meine Muskeln – mich abmühte:
Immer sahen sie zu, daß ich
die astreichsten Stücke bekam.
Es ärgerte sie, wie fix ich war mit den Händen.
So dachte ich.
Es ärgerte sie, daß ich
Überstunden annahm,
ohne mit der Wimper zu zucken.
Sie waren für bequemeres Arbeiten,
für bequemeres Verdienen,
ich aber wollte ganz schnell
die Brieftasche füllen.
So dachte ich.

Bei astreichen Stücken
gibt es mehr Schneidearbeit,
die ist zeitraubend
und schwer,
nimmt dir den Atem.
Und was der Meister trieb,
nennt man bei uns »Scheiße fressen«.
Immer tätschelte er mir den Rücken,

weil ich so schön arbeitete.
Warum sagte er nie:
»Gebt dem armen Kerl
nicht immer die astreichen Stücke«?
Nun ja,
ein Ungläubiger hält zum andern.
So dachte ich.
Und dann, als der Winter vor der Tür stand, hieß es,
mit der Arbeit ist's vorbei.
Bist ein guter Arbeiter,
aber wir brauchen dich nicht mehr,
sagten sie.
Sie drückten mir die Papiere in die Hand.
Und da
kam einer von denen, die sich
über mich geärgert hatten,
– ich zog mich gerade im Bauwagen um –
und sagte: »Kollege«, sagte er,
»Scheiße«, sagte er, »Kapitalist« ...
»Hör zu, Bursche, im letzten Augenblick
bringst du mich noch in Wut!«,
sagte ich.
Das war doch alles nur deretwegen
gekommen; nun wollten sie sich
noch anbiedern bei mir.
Wenn der Mensch arbeiten will,
dann findet er Arbeit.
So dachte ich.

Niyazi zieht Bilanz

Sich seiner Rechte bewusst zu sein
und dieser Rechte beraubt zu werden,
das macht einen kaputt.
Den Schmerz davon haben wir oft geschmeckt,
Bruderleben –

Kennst du Istanbul?
Kennst du Bebek in Istanbul? Weißt du, am Bosporus,
die Zeit, als die Stimmen der Lauten aufstiegen
und wie Fasane die Fährboote vorbeiliefen
an den Fenstern der Ufervillen,
in denen sich das Meer spiegelt und spielt.

Das Kasino von Nazmi, Nikos Restaurant überm Meer, kennst du sie?
An einem Ende der Bucht des Ayse-Sultan-Wäldchens,
auf der anderen Seite die Ufervilla des Halim Pascha
und Pinien, Zypressen, Magnolien,
Judasbäume, Kastanien –
An heißen Augusttagen
violetter Dunst über allem.

Im Wald tranken wir billigen Wein
und beglotzten die Gartenpartys in den Strandvillen.
Kennst du das?

Nichts geht über Bebek an Schönheit und
es ist unmöglich zu erklären.

Genau dort, Bruderleben, Inschirach Straße,
haben wir gewohnt, in einer Hütte, mit Blech bedeckt
die Wände, an den Fenstern Basilikum –
und Pelargonientöpfe.

Berufsschule hab ich gemacht.
Auf der Camialti Werft, am Goldenen Horn,
war ich Meister.

Zwei Leben hatte ich, Bruderleben,
zwei in einem, tief in mir.
Am Tag an der Fräsmaschine sah ich runter auf
das stinkende, ölige Wasser am Goldenen Horn,
gegenüber die Moschee Sülemaniye,
ihre Bleikuppeln schnitten den Horizont wie Halbmonde
genau da, wo Kuppel und Himmel zusammenkleben.
Von Unkapani her kommen die Schreie der Lastträger.
Ich, die Tasche in der Hand, am Feierabend,
stehe mitten auf der Unkapani-Brücke und
rieche die Luft: Qualm und Ruß riech ich.
Und meine Füße wollen nicht nach Hause.

Hätten wir doch nur in einem armen Viertel gewohnt
wie Fener, Balat oder Kocamustafapaşa,
verstehst du, was ich meine, Bruderleben?
Ich meine, hätten wir bloß in den Slums gewohnt,
wie Meister Halit, vor der Stadt.
Denn die Schönheit des Bosporus
ist wie eine bunte Ansichtskarte,
aber jetzt, Bruderleben, glaube ich, es wäre besser,
sie hätte sich nicht hineingeklebt in die Mitte meines Lebens.
In Bebek wohnt der Ölkaufmann Tarik Hakki,
die Enkelkinder des Memduh Pascha wohnen da,
der ehemalige Generalsekretär des Außenministeriums,
Kamil Bey, wohnt da, hier wohnt
Sadizade, Schwarzhändler in der Eisenbranche,
wohnt der Fabrikant Naci Bey,
wohnen Williams aus Amerika
und wohnt Miss Collins, Angestellte im PX.
Und alle haben Autos mit langen Heckflossen,
und alle haben sie Kredit.
Aber auch Niyazi Gümüşciliç wohnt da
und schämt sich für seine zerrissenen Schuhe.

Wirklich, ich hielt es für mein gutes Recht,
dort zu wohnen,
aber später schämte ich mich.
Was weiß ich, diese Orte, dachte ich,
vielleicht paßt das alles besser zu den Leuten,
deren Brieftaschen voll sind.
Oder: Das ist schon immer so gewesen,
oder: Wir haben das so kennengelernt,
oder: Wir haben das so gelernt,
oder, was weiß ich, vielleicht ist alles
tatsächlich käuflich,
und das Recht kann nur Recht sein,
wenn du die Macht hast, es zu kaufen.
Wenn du das Geld nicht hast,
mußt du weggehen
unter deinesgleichen,
die so leben wie du.

Verstehst du das, Bruderleben?
Es ist schwer zu erklären.
Kurz gesagt, statt lange geredet,
ich hielt das für eine Laune des Himmels:
        Manchen gibt er Milch und Honig,
        manchen gibt er eine unreife Melone.

Als das mit Deutschland aufkam
sagte ich mir,
so wie jedermann, ich auch:
Deutschland ist ein kleines Amerika.
Gehst du dorthin, Niyazi,
lebst du dort wie die Reichen von Bebek.
Denn die Armen
können nur in Amerika – oder in Deutschland
oder in einem anderen westlichen Land –
leben wie ein Amerikaner. Während
das in unseren Ländern
nur eine Sache der Reichen ist.
Und nur wenn man wie ein Amerikaner lebt,
kann der Mensch sagen, ich habe gelebt.

Dort hat jeder einen Wagen.
Moderne Wohnungen mit Bad,
stangenweise Anzüge,
Nylonhemden
und Geliebte, die er an den Straßenecken küsst,
genau wie im Film.

Die vor uns lebten, also
mein Vater, meine Mutter, sie
haben diesen Unterschied nicht gemerkt,
oder damals
war das Leben ganz anders,
in dem verschlossenen Vorort Istanbuls.
Die Leute, die aus Paschafamilien kamen,
Geschäftsleute und die Armen
waren sich noch nicht so fremd,
sie grüßten sich mit Respekt,
unterhielten sich.
Soweit ich mich erinnere,
war das so in den ersten Jahren meiner Kindheit.

Als dann die grünen Dollars klopften
– das begann 1949 mit dem Panzerkreuzer »Missouri«,
mit Kaugummis und Whisky und Cowboy-Songs,
mit Rita Hayworth-, Esther Williams- und
Superman-Filmen und Schallplatten
und, kurz gesagt, der anderen Lebensweise
einer anderen Welt –
an die neuen Türen der alten Reichen,
da war die Grenze klar geworden,
und anstelle der alten Herrenhäuser und Ufervillen
erhoben sich die Betonblocks.

Jetzt sind es sieben Jahre her, daß ich hier bin.
Längst hat meine Mutter
die blechbedeckte Hütte in Bebek verkauft
an die Nachfolger des Bauunternehmens Rahmi Bey
– Bebek ist jetzt Wohnsitz der Superreichen,
und die Grundstückspreise klettern wie Feuer.
Sie bezog eine Hütte in Kâgithane
– Sommerresidenz des Hofs im letzten Jahrhundert, jetzt Slum.
Jeden Monat schicke ich ihr 200 Mark.

Diese sieben Jahre haben bei mir vieles verändert,
ich habe begriffen, wo mein Platz
in der Gesellschaft ist.
Ich habe den Schrank voll Anzüge
und ein Auto hab ich, aber
es ist nicht genug,
die Grenze wegzuwischen zwischen denen,
die Süßigkeiten und Pasteten
und denen, die unreife Melonen essen.

Und weißt du, Bruderleben,
jetzt weiß ich, daß mir das zusteht.
Ich schäme mich nicht mehr wie damals in Bebek.
Weil ich gelernt habe, nicht zu verzichten,
worauf ich ein Recht habe.

Du fragst warum? Laß mich erklären:
Alles, was auf der Erde gemacht ist,
ist gemacht von der Arbeitskraft der Menschen.
Und das, was man Zivilisation nennt,
hat diese Arbeitskraft als Summe übereinandergelegt.
Da ist ein bisschen dein, ein bisschen mein Anteil,
das ist der Anteil der Arbeitenden,
egal aus welcher Nation
oder wo sie leben.
Selbst in dem weichen Toilettenpapier
und in den Raketen, die zum Mond fliegen,
steckt ihr kaum merklicher Schweißgeruch.
Und glaub mir, der von Meister Halit ist auch dabei.
Es gibt nur die Erde, die allen gehört,
und das Ding, das die Welt macht,
ist die Arbeitskraft.
Und alle, die ihre Arbeitskraft geben,
sie haben den gleichen Anteil an der Welt.
Sie müßten ihn haben.

Aber eines Tages, wenn ich von hier weg muß,
gehe ich wieder nach Bebek.
Zur Blaufischzeit. Es geht nichts über Blaufisch –
unmöglich, die Schönheit Bebeks zu erklären.
Und wie die großen Familien von Bebek
dort zu wohnen, das steht mir zu
und allen.

Ich weiß nicht, hab ich es dir richtig erklärt,
Bruderleben?
Ich habe gelernt, daß mein Recht auch ein Recht ist.
Nie wieder verzichte ich auf mein Recht,
und wenn es mein Leben kostet.

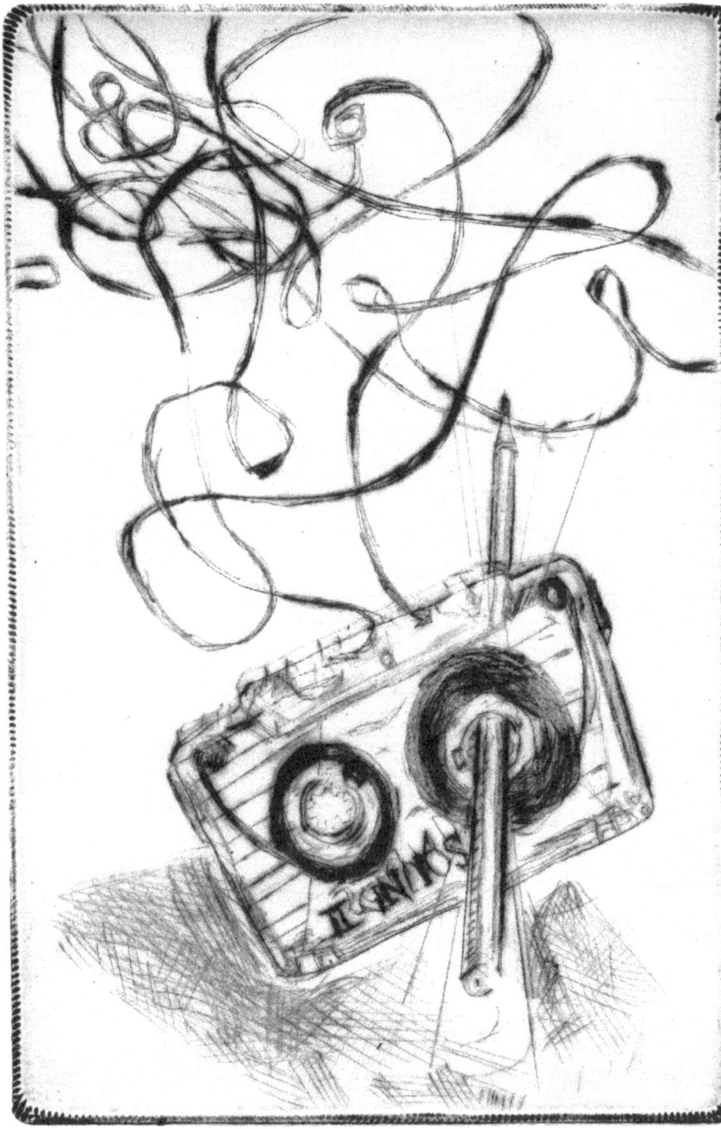

Rache

Was dann kam, ist klar,
Emine mal affektiert, mal zutraulich,
Nejdet wich ihr nicht von den Fersen.

Eines Montags im Frühling
wollte Kemal mit Frau, Tochter und beiden Söhnen
zum Urlaub in die Türkei fliegen.
Ein paar Tage vorher
machte Nejdet »krank«,
strich in der Adalbertstraße herum,
traf schließlich Emine,
ging mit ihr am Landwehrkanal spazieren,
wo Trauerweiden ihre Äste
ins Wasser hängen lassen.

Was dann kam, ist noch klarer.
Emine hatte eine Schulfreundin,
deren Eltern verreist waren.
Sie gehen dorthin, Emine ist
noch affektierter und noch zutraulicher.

Der Sinn des Lebens ist kein Geheimnis.
Es ist kein Spiel, das man wissenschaftlich spielt.
Du willst heim in die Türkei,
du willst fort aus der Türkei ...
Die Türkei, der du entfliehst,
verfolgt dich bis hier, heißt es ...

Die folgende Nacht:
Nejdet, rettungslos
verliebt und dabei reumütig.

Fabriken, Fließbänder, Akkordlöhne,
Urlaube, Krank-mach-Tage,
Einkäufe, Kaufhäuser,
Aufenthaltserlaubnisse, Polizeiüberwachungen,
Diskotheken – und als Gastarbeiter
in dieser Stadt

zogen sie von einem Lokal ins andere.
Wäre Nejdets Schwester nicht, wäre sein Schwager nicht,
wäre sein Arbeitskollege und zukünftiger Schwiegervater
Kemal nicht –
Die Türkei ist weit,
das Leben so frei, die Wünsche so laut.

Nejdet ist nicht mehr Nejdet.
Er weiß nicht, was er jemals jemandem
erzählen soll,
wie eine Schuld,
von der er nicht weiß,
worin sie besteht.

Donnerstag Nacht.
Wieder Lokale.
An seiner Seite Emine und heute
– am vierten Tag – auch Emines Schulfreundin.
Mit jedem Glas stürzt etwas
auf Nejdet ein,
mit jedem Glas treibt Emine
von etwas fort,
das keinen Namen hat.

Auf einmal Polizei,
Uniformen, Funkgeräte, geheuchelte Freundlichkeit.
Der gelebte Augenblick steht still.
Ein Druck, den man schon gewohnt ist –
Personalausweiskontrolle:
Aber Emine steht ja
bei ihrem Vater im Paß …

Später:
Auf dem Polizeirevier die üblichen
Formalitäten. Emines Name in der
Vermißtenliste. Protokollierte Aussagen und
die Rückführung Emines ins Elternhaus
in Begleitung einer Kriminalbeamtin.

In der Morgenstunde, als man Emine
tatü tata zu Hause ablieferte
und sie den nassen Hof überquerten,
dachte sie:

Rache
für alles,
was ihr jahrelang
in euch angestaut habt,
was man euch zumutet,
was ihr sein müsst und nicht sein wollt,
was ihr feige unter euren
gravitätischen Schnurrbärten verbergt,
was euch Angst macht,
diese Rache
hab ich euch abgenommen.
Rettet euch,
auch ich bin endlich gerettet,
ich bin frei ...

Aus: Die Fremde ist auch ein Haus.
Aus dem Türkischen von Gisela Kraft. Rotbuch Verlag, 1980.

Nejdets Unbehagen

»Stecke ich in dieser Menschenmenge, hänge ich außerhalb?
Alle starren mich an,
als ob sie ein einziges Auge wären,
alle sind gegen mich.«

Die Niederlage war da. Er verbarg die Blicke
unter den Wimpern, sah auf den Boden.
Reden helfen nicht weiter.
»Sind wir, die wir die Arbeit machen, nicht die Hände der Stadt?«

(Wo hatte er das schon einmal gehört?)
Originelle Einfälle,
Kopien von Schnappschußlächeln
auf seinem Gesicht,
und gleich wieder vergilbt,
wie ein dorniges Rosengewächs, das blüht
ohne Stunde.
»Die Hände werden weniger,
die laufenden Füße
werden mehr.«
(Dieser Satz stammt von ihm selbst.)

Was bedrückte ihn denn?
Sie entließen wieder einen Teil der Arbeiter,
sie schlossen eine Abteilung,
aber ihn trifft es nicht.

Er hat eine Wohnung. Ja,
in seiner Straße werden wieder
ein paar Häuser abgerissen,
aber nicht das, wo er wohnt.

Also was quält ihn so?

Die Fremde ist auch ein Haus

Kopie eines von Emine geschriebenen Briefes
an den türkischen Generalkonsul in Berlin
und an den Berliner Innensenator:

Sehr geehrte Herren,
wenn ich etwas Falsches schreibe, verzeihen Sie mir
dieses Falsche, aber nehmen Sie mein Schreiben trotzdem an.
Weil ich im Paß meines Vaters stehe,
passiert mir alles, was meinem Vater passiert,
von der Steppe angefangen, die er hinter sich herschleift,
seit nämlich (wie ein Mann im Flugzeug erzählte)
Ende der fünfziger Jahre ein Bagger in die Steppe
kam und anfing, den Boden aufzuwühlen.

Hinter dem Bagger erschien eine Straße, die Fremde begann.
Die Fremde begann schon in der Heimat, aber mein Vater
nannte sie »Deutschland«.
Ich nenne sie jetzt »Türkei«.

Als ich herkam, war ich fünf Jahre alt.
Seit zehn Jahren bin ich hier, meine Brüder
sind in Berlin geboren.
Wo ist jetzt meine Fremde, wo meine Heimat?
Die Fremde meines Vaters ist meine Heimat geworden.
Meine Heimat ist die Fremde meines Vaters.

Streichen Sie bitte meinen Namen
im Paß meines Vaters.
Ich möchte einen eigenen Paß in der Tasche haben.

Wer mich danach fragt, dem will ich
ehrlich sagen, wer ich bin,
ohne Scham, ohne Furcht
und fast noch ein bisschen stolz darauf.
Das Jahrhundert, in dem ich lebe,
hat mich so gemacht:
geboren 1963 in Kayseri,
Wohnort: Berlin-Kreuzberg.

Emine

Die Kassiererin

Sie wußte nicht, was sie tun sollte; wenn es möglich wäre, würde sie fliehen, aber wohin? Und wie? So splitternackt? »Nein, so reg dich doch ab ... so entspann dich doch, meine Liebe, was soll's denn?« Mit diesen Worten, mehrmals wiederholt, versuchte sie sich zu beruhigen, doch es gelang ihr nicht. Schau, ich bin wieder stocksteif von oben bis unten, als läge man zum Waschen auf einem Leichengestell.

Angenehme Gefühle überkamen sie, durchströmten sie von tief unten, stiegen in ihr hoch; aber dann wieder dieser Ekel, dieser Ekel, den sich niemand vorstellen kann ... Oder vielleicht kam es ihr auch nur wie Ekel vor ... Was immer es sein mochte, jedenfalls versuchte sie, den auf ihr Liegenden an den Schultern zu fassen und wegzuschieben, doch ihre Kraft reichte nicht aus ...

Er drückte sich immer fester an sie. Abgesehen davon, daß er beim Atmen seine Spucke versprühte und mit Worten wie »meine Liebe, mein Alles, meine Süße, mein Schatz« um sich schlug, um seine Lust zu steigern, fühlte sie sich am meisten durch seine Bisse am Hals belästigt. Morgen hatte sie sicher wieder Knutschflecken, so daß sie sich schämen musste, anderen ins Gesicht zu sehen! ...

Sie biß erneut die Zähne fest zusammen: Ach, wenn doch dieses Geschäft endlich zu Ende wäre!

Es dauerte auch nicht mehr lange, bis ihr Mann die Arme, die er um ihren Körper geschlungen hatte, noch einmal fest anspannte, um sich schließlich wie ein Ballon, dem die Luft ausgeht, schlaff hängen zu lassen ...

Zuerst konnte sie nicht einschlafen; die verschiedensten Bilder gingen ihr durch den Kopf; manche schnell, andere langsam; manche raubten ihr den Atem, andere regten sie auf, wieder andere langweilten sie ...

Ich rief lauthals »Nevin« – meine alte Schulfreundin –, aber sie hörte nicht! Ich wollte ihr zeigen, was ich alles gekauft hatte, schau doch, so viele Pakete, so viele Einkäufe. Um Gottes willen, ich platzte ja, wenn ich es ihr nicht erzählen konnte. Ich hatte außerdem noch mehr zu erzählen als bloß von diesen Einkäufen ... Wie sehr hat sich Nevin einen Freund gewünscht, der Alain Delon ähnelt; dabei gab es doch hier so viele, die ihm ähnlich sahen ...

Schau dir mal die Menge von Lippenstiften an! Und diese zigeunerrosa, papageigrünen Regenmäntel ... Ich ergänze jeden Monat meine Garderobe. Einige meiner Kleider und Schminkutensilien tragen die Marke Dior, oft geh ich zum Coiffeur und laß mir auch eine Dauerwelle legen ... Ich denke sogar daran, mir die vorstehenden Knochen unterhalb der großen Zehen wegoperieren zu lassen, weil sie immer so schnell meine Schuhe deformieren, obwohl ich gleich wieder neue kaufe, na ja ... Nevin, sieh mal, ich gehe am Wochenende immer zum Tanzen, aber wo sind jene romantischen Tänze, die wir beide auf den Teepartys im Gymnasium Wange an Wange getanzt haben, um die Jungen verrückt zu machen ... Wo ist das romantische Leben, das wir uns in der Phantasie vorgestellt haben? Wie war das doch? Unsere Blicke und die eines gutaussehenden Jungen kreuzten sich, »Kann ich was für euch bestellen?«, fragte er, wir gingen zur Bar American, und während wir etwas tranken, lösten sich unsere Augen nicht voneinander, die Stimme Sinatras erfüllte den Saal, wir tanzten eng umschlungen, seine Pomade im Haar hinterließ etwas angenehm Glitschiges auf meinen Wangen ... Haben wir beide nicht oft davon geträumt, als wir allein waren, häufig mit der Ausrede, wir wollten lernen? Nein, von so etwas träumt man heutzutage nicht mehr ...

Bist du etwa nicht verheiratet?

Ich bin hier sehr anders, aber nicht so wie ich es mir gewünscht habe. Und wenn schon, ich bin zufrieden mit meinem Leben; nein, eigentlich bin ich doch nicht zufrieden damit, oder besser gesagt, teils ja, teils nein; ich arbeite in einem großen Kaufhaus als Kassiererin in der Kosmetikabteilung ...

Neulich am Vormittag, einige alte Kunden, dann und wann Hausfrauen. Hinter der Kasse las ich geduckt einen Roman ...

»Könnte ich bitte bezahlen?«

Ich hob den Kopf: Mein Gott, es durchfuhr mich wie ein Blitz. Es gab doch da einen Film mit Grace Kelly, in dem eine schöne Liebesszene mit Cary Grant vorkam, genauso wie in dieser Szene fühlte ich mich jetzt, hin- und hergerissen. Mein Gegenüber sah genauso aus wie Cary Grant. In der Hand eine Parfümflasche, Chanel Nr. 5, mittelgroß, die er mir herüberreichte ...

»Kann ich das bitte bezahlen?«

Ich war wie erstarrt. Konnte mich nicht bewegen. Meine Augen ruhten in seinen, als wäre ich verhext.

Er wiederholte seine Worte, leise aber bestimmt.

»Oder wollen Sie das Geld dafür gar nicht haben?«

Auf seinem Gesicht lag ein süßes Lächeln, das über sein ganzes Gesicht lief und mich umfing.

»Oh doch, doch, was kostet es?«

Er kam mir zuvor und sagte: »55 DM.«

»Ja, ja, genau: Chanel Nr. 5, mittelgroß, 55 DM ...«, sagte ich etwas stockend, ohne Zusammenhang, bloß um Zeit zu gewinnen ...

Ich drückte auf die Tastatur der Kasse, im Sichtglas leuchtete ein grünes Licht auf, verschwand aber wieder wie ein Leuchtkäfer im Dunkel der Nacht, Ziffern wurden sichtbar, verlöschten wieder. Schließlich blieben sie bei 55 stehen ...

»55 DM, Sie haben mir 100 DM gegeben.«

Ich redete so aus Berufsgewohnheit, was war los, die elektronische Kasse öffnete sich nicht. Die Kasse, die sich sonst, wenn man auf die Tasten drückte und den Preis der verkauften Ware eintippte, von selbst öffnete, ging einfach nicht mehr. Ich drückte auf die Leertaste, um danach noch einmal die gleichen Tasten wie vorhin durchzuprobieren, bis bei 55 DM die glänzend grünen Ziffern im Sichtglas stehenbleiben würden.

Ich hob den Kopf und sah dem Mann ins Gesicht. Ein laues Gefühl ergriff mich, ich versuchte zu lächeln, hätte am liebsten seine Hand gehalten. Ob dieser Mann wirklich existierte?

»Bitte machen Sie schnell. Ich bin in Eile.«

Er verzog das Gesicht, doch obwohl in seiner Stimme ein tadelnder Unterton lag, glich sie der Oberfläche einer reinseidenen Bluse, einer sanften Umarmung ...

»Oh, selbstverständlich, entschuldigen Sie bitte.«

Ich wollte die Kasse gewaltsam öffnen, aber sie ging nicht auf, ich bearbeitete sie von allen Seiten, doch sie ging nicht auf. Ich wollte, daß sie sich öffnete, oder vielleicht lieber nicht. Der Kunde mir gegenüber wurde ungeduldig.

Laut Etikett auf der Brust bin ich Frau Koc und Kassiererin, und es ist meine Aufgabe, jeden Kunden schnell zu bedienen, wenn er kommt, um den Preis der von ihm gekauften Ware zu bezahlen. Jederzeit muß ich ein lächelndes Gesicht machen und die Kunden freundlich anreden; aber dieser Kunde wurde ungeduldig, weil er die Chanel N° 5, mittelgroß, für 55 DM, bezahlen wollte. Daß die elektronische Kasse nicht aufging, brachte mich ganz durcheinander, machte mich hilflos; die Sache ärgerte mich, trieb mir förmlich den Schweiß aus den Poren, machte mich fertig, ließ mich in den Augen der anderen lächerlich erscheinen, blamierte mich; auf der anderen Seite begann ich, Nilgün Koc, weder glücklich noch unglücklich, schon beim ersten Blick in die Augen dieses Mannes seltsame Gefühle zu empfinden. Ich fühlte mich, als wären die Sehnsüchte, die seit Jahren meine Träume ausschmückten, mit einem Mal wahr geworden. Auf den ersten Blick hatte ich mich in diesen Mann verliebt ... Was sollte ich jetzt tun? ...

Trotz aller Gewaltanwendung öffnete sich die Kasse nicht. Der Mann lief, zornig etwas vor sich hin murmelnd, zu einer anderen Kasse.

Begegnung

I

Selbst in der Hetze dieses frühen Abends spiegelte sich ihre Begegnung in der U-Bahn-Station seltsam in den Gesichtern, welche die Rolltreppen übereinandertürmten, seltsam kam sie auch den besorgt, den unbesorgt Dastehenden, den geduldig und ungeduldig Wartenden, den Müden, den auf dem Bahnsteig nutzlos Auf- und Abgehenden vor. Sogar die Witze der Zeitungsverkäuferin am Kiosk, die diese einem ihr bekannten Kunden lauthals erzählte, brachen ab, so wie sein schrilles Lachen. Manche der Fahrgäste verpaßten die nächste U-Bahn, weil sie kein Auge mehr von den beiden lassen konnten. Auch der Zugabfertiger schüttelte den Kopf.

Diese schenkten all dem keine Beachtung. Auf der Bank sitzend krochen sie fast ineinander hinein wie Verliebte.

Es war das Mädchen, das sprach. Es erzählte etwas mit langen Unterbrechungen, ausführlich und von empfindsamen Seufzern begleitet.

Er hörte zu, auch dann, wenn er zwischendurch grinste und unter seinem Schnurrbart gelbe Zähne zum Vorschein kamen.

In seinem Kopf drehte sich alles wie ein Mühlstein. Er schaute das neben ihm sitzende Mädchen wie aus der Ferne an und nickte mit dem Kopf. Das Mädchen an seiner Seite schmiegte sich noch etwas fester an und flüsterte ihm etwas so leise zu, als dürfte es niemand hören, doch ohne Verschämtheit, zärtlich und zutraulich.

Der Mann grinste abermals, unter seinem Bart. Wieder schaute er sie wie von weit an.

Genau betrachtet sahen sie doch nicht wie Verliebte aus. Sie standen gleichzeitig auf. Als sie nebeneinander herliefen, waren sie weit voneinander entfernt.

II

»Kerl, geh doch mal etwas zu Seite, warum rückst du mir so auf die Pelle?«, hatte eine alte Dame gesagt, als er gerade seinen ersten Fuß nach Stambul gesetzt hatte.

Der Bus war voll, die Luft heiß. Die Fahrgäste schweißdurchnäßt, erschöpft und niedergeschlagen. Weder der starke Fußgeruch, der hochstieg, noch der Mundgeruch, nichts von all dem störte sie. Sie klagten nicht darüber, daß der Verkehr nicht floß, noch daß sie zusammengequetscht wurden durch neue Mitfahrer, die sich an jeder Haltestelle mit den Ellenbogen hineinzwängten, und auch nicht darüber, daß sie fast keine Luft mehr bekamen.

Mitten in das duldsame Geschiebe beginnt eine alte Dame auf einem Ein-Personen-Sitz zu schimpfen: »Kerl, verstehst du nicht, was man dir sagt, lehn dich nicht so fest an mich, rück doch mal etwas zur Seite, du wirst noch deinen Dreck an mich schmieren ...«

Wärest du an meiner Stelle etwa nicht verlegen, was sollst du sagen? Was tun?

Gerade in diesem Augenblick brandete eine Woge von hinten heran, die ihn gegen die Schultern der sitzenden Frau schob. Es ist einfach nicht möglich, den Sticheleien, den Demütigungen, den Schmähungen dieser Dame zu entrinnen. Niemand im ganzen Bus hilft ihm.

Er war als einer der ersten in den Bus gestiegen, saß auf einem der leeren Ein-Personen-Sitze und wartete auf die Abfahrt. Währenddessen guckte er in das Gewühl von Eminönü. Aus den Schornsteinen der Dampfer, die an der Landungsbrücke lagen, quoll schwarzer Rauch. Scharen von Verkäufern mühten sich überall lautstark, mit mißtönender Stimme, etwas an den Mann zu bringen.

Kurz vor der Abfahrt war der Bus nahezu voll. Gerade da pflanzte sich diese alte Dame vor ihm auf. Nachdem sie einige Male geächzt und gestöhnt hatte, stupste sie ihn auf die Schulter und verlangte, daß er aufstehen und den Platz für sie freimachen sollte. Er war verwirrt, wußte nicht, was tun. Die Frau bemerkte das, und da ihr ein leichter Sieg möglich schien, holte sie zum endgültigen Schlag aus: »Behandelt man in eurer Heimat die Älteren so? Zollt man ihnen überhaupt keinen Respekt? Na, wird's bald, steh auf, damit ich mich hinsetzen kann!«

Er erinnerte sich, daß ihm vor Scham der Schweiß aus allen Poren brach. Bevor er willfährig gehorchte und aufstand.

Wer war eigentlich diese Frau?

Sie, die gnädige Frau Kevkeb Şebnem war die Tochter des seligen Mahmut Aliriza Paşa aus Schumen, Frau des gnädigen Herrn Konsul Irfan Emin selig ... Alle drei Monate kam sie mit dem Dampfer in die Gegend von Eminönü, um die Rente, die sie von ihrem Mann erhielt, abzuholen, und trat die Rückkehr mit dem Bus an.

Jetzt fällt ihr ein Abend im Frühling in den Tagen des Waffenstillstandes ein, als sie von einem Besuch in der Gegend von Beyoğlu zurückkehrten – sie konnte sich jetzt nicht genau erinnern, ob sie britisch oder französisch waren – jedenfalls hielten einer der Besatzungsoffiziere mit Epauletten und ein Korporal einen Bauernlümmel Allahs, einen Lastträger, an, um ihm zu befehlen, daß er die drei oder fünf an den Beinen festgebundenen Hühner nicht mit dem Kopf nach unten tragen dürfe. Irfan Emin Bey, ihr Mann, hatte sich eingemischt, um dem Lastträger, der keine Fremdsprache konnte, zu übersetzen, was die Offiziere des Waffenstillstandes auf Ausländisch sagten, doch gaffte dieser ihnen nur ins Gesicht und fragte arglos: »Wie kann man denn sonst Hühner tragen?« Als ihr Mann diese Frage den Ausländern in geeigneter Weise übersetzt hatte, brauste der fremde Offizier auf und sagte, daß es ein Verbrechen an der Menschheit sei, Lebewesen mit dem Kopf nach unten hängend zu tragen und zu misshandeln und daß kein zivilisierter Mensch einer solchen Untat gegenüber die Augen verschließen dürfe. Oh ihr geduldiger, nobler Gemahl! Einerseits gab er sich Mühe, dem Offizier auf wissenschaftliche Weise klarzumachen, daß wir nicht solche Barbaren seien, wie er sich das vorstellte, und zivilisierte Mitglieder der Menschheit seien, andererseits mühte er sich ab, dem Lastträger, diesem Bauernlümmel, der von wer weiß welchem Berg gekommen war, in geeigneter Form begreiflich zu machen, daß man Hühner nicht mit dem Kopf nach unten tragen darf und daß ein Mensch, selbst wenn er ungebildet sein mag, die Zivilisation nicht zu verleugnen, sondern ihre Anforderungen zu erfüllen habe. Anscheinend hatten die beiden den Konsul, Herrn Irfan Emin Bey, nicht verstanden: weder der ausländische Offizier noch der bäuerische Lastträger.

»Na ja, woher soll einer schon wissen, wie man sich im Bus benimmt, der mit der Zivilisation noch nie in Berührung gekommen ist!« Ihre blaugrauen Augen ruhten auf dem Gewimmel in den Straßen, auf dem Verkehr. Die Septembersonne hatte auf den Fensterscheiben der gegenüberliegenden Seite des Bosporus ein Feuer entfacht. Die gnädige Frau Kevkeb Şebnem begann darüber nachzudenken, wer für sie die Fenstersimse abdichten sollte, bevor der Winter hereinbrach ... Oh, diese Kreuzschmerzen ...

Als er aus dem Bus stieg und den steilen Weg zum Viertel der Wellblechsiedlung hinter dem Nuſi Baba Grabmal am Hang von Rumeli Hisar hinaufstieg, wußte er nicht, wo er war, woher er kam, was er tun sollte, und verstand nicht, daß er mit dieser alten Dame vieles gemeinsam hatte. Beide hatten sie ihre alten Tage verloren. In seinem Inneren fährt ein Zug ab, fährt und fährt, tagelang, und als er dann sein Ziel erreicht, sieht er, daß er sich doch wieder dort befindet, wo er abgefahren ist.

Auf der Seite der Anhöhe, die nicht dem Bosporus zugekehrt ist, lagen hangabwärts und ineinander verschachtelt die Wellblechsiedlungen.

»Wenn ich erst einmal nach Deutschland gehe, werde ich es allen zeigen«, dachte er bei sich.

Als er die Anhöhe erreichte, wandte er sich um und schaute auf den Bosporus, der unter ihm vorbeifloß: Ein Tanker durchpflügte das Blau und ließ hinter sich eine weißschäumende Linie zurück. »Ob man nach Deutschland auch mit dem Dampfer fahren kann?«, fragte er sich.

III

Als er und das Mädchen die U-Bahn-Station verließen, blendete ihnen die Sonne einen Augenblick lang die Augen.

Ein Tourist im weißen, kurzärmligen Popelinhemd mit der Tasche für das Ersatzobjektiv quer über der Brust und einem Bauch, gewölbt wie ein Ei, stand ihnen gegenüber und photographierte sie beide unablässig.

Wie sollte ein zivilisierter Zustand aussehen?

Die Bauwerke neu, die Straßen ordentlich, sauber und gepflegt; Menschen, die sich mit Achtung begegnen, ihre Kleidung dezent und augenfällig; das Allerwichtigste, die Schaufenster, bis zum Bersten voll mit allerlei Waren und Artikeln. Alles stimmt, paßt zu den Beschreibungen! Trotz ständigen Erzählens kannst du dir keine Vorstellungen machen, bevor du nicht alles gesehen hast. Und doch gleicht alles, wenn man es einmal gesehen hat, einem der vielen Bilder, die man früher eins über das andere geklebt hat.

Du steigst in den Untergrund hinunter: hin- und herrasende U-Bahnen, eine ganz andere Welt, fast eine Großstadt auch hier, unter der Erde.

Such nicht nach einem Fehler in deiner vorgefaßten Meinung: ein zivilisiertes Land von zivilisierten Menschen! Selbst wenn du einen

Fehler entdeckst, in welcher Sprache willst du ihn begreifen, in welcher Sprache ausdrücken?

Was soll ich noch sagen? Das ist nun einmal Deutschland. Alles gut, schön, es gibt Arbeit, du kannst arbeiten; es gibt Geld, du kannst verdienen; es gibt Waren, du kannst einkaufen; es gibt nichts, was es hier nicht gibt, von der Moral allerdings abgesehen, besonders bei den Frauen. Da schau dir doch mal die da an, dieses Mädchen. Meinst du, sie ist schon fünfzehn? Ich schiebe sie vor mir her aus dem Bahnhof Zoo; sie hat einen schwulen Loddel, der sie mir verkauft hat, für zwanzig Mark ... Eigentlich wollte er dreißig Mark, als ob ich auf so einen Blödsinn hereinfiele! Zwar hatte ich ein Auge auf sie, denn sie war ja noch ganz frisch, offensichtlich neu in der Branche. Ich kriege immer die Besten dieser Sorte heraus, aber ich bin doch kein Neuling, daß ich dreißig Eier berappe. In der Zeit als ich neu angekommen war, wäre das schon passiert, nicht nur dreißig, nein fünfzig hätte ich gegeben, um überhaupt einmal an sie heranzukommen. Was hab ich eben gesagt, ach ja, er verlangte also dreißig, ich gab zwanzig, denn ich war hartnäkkig; da er Heroin kaufen will, braucht er das Geld. Wenn ich gewollt hätte, hätte er sich mit zehn Mark begnügen müssen ... Ihr schwuler Zuhälter hatte sie einfach verkauft und das Geld natürlich selber eingesteckt. Dann machte sich das Mädchen an mich heran, bevor er wegging, wir setzten uns auf eine Bank an der Haltestelle, und sie begann, sich zu zieren. Was für eine schöne Musik es gäbe, der wir unbedingt zuhören müßten; entweder war sie betrunken oder sie spielte Theater. Falle ich vielleicht auf so etwas rein! »Steh jetzt auf, Mädchen, wir gehen!«, sagte ich; Tränen traten ihr in die Augen, und dann fing sie an, ihr Leben oder was weiß ich zu erzählen. Ich ließ trotzdem nicht locker und sagte: »Los, nun komm schon, hab dich nicht so ...«

Als er mir dies erzählte, war das Mädchen schon längst verschwunden.

Als er merkte, daß sie sich aus dem Staub gemacht hatte, schrie er zornig: »Wohin bist du verschwunden, Mensch, deine zwanzig Mark hab ich im voraus gezahlt, was willst du noch?« Er schrie, doch hörte ihn anscheinend niemand außer mir. Auf seinem Gesicht sprossen vor lauter Zorn Steppendisteln.

Der Mann im weißen, kurzärmligen Popelinhemd photographierte noch immer.

Die Sonne warf ihre Strahlen auf die Häuserfronten der neuen Bauwerke ganz aus Beton mit den unzähligen Fensterscheiben und von dort auf die Linden an der Straße, wo sie inmitten des ganzen Verkehrslärms und Asphaltgeruchs behagliche Schatten schuf.

Von Ferne hörte man die alten Bachschen Fugen.

Das Café

Er fragte sich nicht einmal, was eigentlich Besonderes an ihm war. Warum sollte er auch? Wenn sie ihn anstarren wollten, dann sollten sie es eben tun; man mußte sich einmal abgewöhnen, nach immer neuen Begründungen für das eigene Verhalten zu suchen, und man sollte sich nicht dauernd insgeheim verteidigen. Es war höchste Zeit, damit aufzuhören.

Genau, das ist es, dann mache ich jedenfalls Eindruck auf sie, und der Mund wird ihnen wäßrig; hör' bloß mal, wie sie lachen, wenn ihnen der Sinn danach steht, wie schnell sie bereit sind, sich hinzugeben! Natürlich könnte ich nicht so schnell finden, was ich suche, wenn ich nicht wüßte, daß all diese europäischen Frauen Huren sind und scharf auf uns schwarzhaarige orientalische Männer. Soll man sich denn unterkriegen lassen? Wieso denn? Schließlich tue ich nichts, dessen ich mich schämen müßte. An ihnen wäre es, ein schlechtes Gewissen zu haben, sich zu schämen. Ich bin nämlich genau der Prachtkerl, den sie suchen. Während ich nur auswähle, bewundern sie mich, begehren sie mich. Von all denen, die sich mir hingeben wollen, suche ich mir eine aus, die mir paßt ...

Erst muß ich mal herausfinden, welche mir am meisten zusagt. Wie mag die wohl aussehen? Die mit dem kurzgeschnittenen Haar hat recht ebenmäßige Gesichtszüge, hat Lippen wie Feuer, das sieht man auf den ersten Blick. Wegen ihrer Frisur sieht sie zwar mehr wie ein Mann aus, ist aber im übrigen so weiblich, daß ihre Anziehungskraft nicht gemindert wird. Diese Blondine sieht aus wie eine von denen auf den Bildern, von denen die Männer immer träumen. Eigentlich ist eine begehrenswerter als die andere, also muß ich scharf nachdenken ...

Der Reihe nach begutachtete er alle Frauen und Mädchen im Café und übersah dabei geflissentlich ihre männlichen Begleiter. Jede einzelne bewertete er nach Aussehen, Alter und Kleidung und traf seine Wahl. Nach dieser ersten Entscheidung, der eine noch gründlichere Prüfung, eine noch sorgfältigere Auswahl folgten, gefiel ihm dieses Mal im Café jedoch keine einzige, denn die Suche nach einem Ideal setzt Maßstäbe. Stirnrunzelnd überlegte er, ob überhaupt eine von denen, die nach dem letzten Entscheidungsdurchgang übrig geblieben waren, seine Frau werden könnte.

Der junge Mann, der all diese Überlegungen angestellt hatte, trug einen Schnurrbart. In seinem Mund hing die Pfeife so, als gehöre sie nicht dorthin; fast wäre sie hinuntergefallen. Er schien nicht zu wissen, wie man sie raucht und wie man sie hält. Auch der Schal um seinen Hals gehörte ihm offenbar nicht, und man gewann den Eindruck, als stecke nicht er, sondern ein anderer junger Mann in seinem Körper. Mit weit ausholenden Gesten bestellte er beim Ober eine Tasse Kaffee und dazu ein Bier. Der Ober blieb stehen und schaute dem Mann ins Gesicht. Alle, die gehört hatten, wie der junge Mann mit dem Schnurrbart Bier zusammen mit Kaffee bestellte, wandten sich ihm zu und betrachteten ihn über die Schultern hinweg. Manche lachten ihn sogar offen an, ein bißchen spöttisch, ein bißchen verächtlich zugleich. Von denen, die sich ihm zudrehten und ihn anschauten, lachten besonders laut die Frauen, am meisten aber lachte jene Blondine. Der Mann mit dem Schnurrbart war zufrieden damit, daß er im Mittelpunkt stand und lachte ebenfalls. Nach einer Weile, als sein Bier und sein Kaffee kamen, erhob er das Bierglas und rief allen im Café Anwesenden »Şerefe« zu. Das Lachen, das inzwischen verstummt war, setzte erneut ein, und auch die Köpfe drehten sich wieder dem Mann mit dem Schnurrbart zu. Der ließ es dabei bewenden, ihnen noch einmal »Şerefe« zuzurufen, und schlürfte ein wenig von seinem Kaffee; als er unter all den neugierigen und erwartungsvollen Blicken die Kaffeetasse auf den Tisch zurückstellte, verschüttete er den Rest des Inhalts. Unbeholfen versuchte er, die Tischdecke mit den Händen glattzustreichen und trockenzureiben, keineswegs bemüht, das Geschehene zu vertuschen. Ganz ungeniert sagte er: »Ach, habe ich was verschüttet? Na ja, macht auch nichts ...« Er nahm seine Pfeife, die er im Aschenbecher abgelegt hatte, sog geräuschvoll ein paarmal daran, ließ es aber schließlich sein, da es ihm nicht gelang, den bereits erloschenen Tabak wieder zum Glühen zu bringen. Er hob noch einmal sein Bierglas, prostete den Anwesenden erneut mit einem »Şerefe« zu; die schauten ihn noch immer an, lachten noch immer über ihn.

Der junge Mann mit dem Schnurrbart, der zum ersten Mal in seinem Leben dieses Café betreten hatte, fühlte sich trotz allem nicht fremd hier, und auch die Anwesenden, die ihn ebenfalls zum ersten Mal im Leben sahen, betrachteten ihn nicht als Fremdkörper. Von diesem Tage an wiederholte sich stets aufs Neue, wenn der Mann mit dem Schnurrbart in das Café kam, der Austausch von Wohlwollen und Verachtung. Später machte es sich der Mann mit dem Schnurrbart zur Gewohnheit, immer, bevor er das Café betrat, zweihundert Gramm Maronen vom Maronenverkäufer an der Ecke zu holen. Er betrat das Café mit der Pfeife im Mund, mit dem Schal um den Hals, setzte sich an einen freien Tisch, bestellte lautstark seinen Kaffee und sein Bier, aß die an der Ecke gekauften Maronen, sagte »Şerefe« zu jedem, der ihm Aufmerksamkeit schenkte, hob dabei das Bierglas und hielt ihm schließlich die Tüte unter die Nase und bot Maronen an. Wenn der Angesprochene die Maronen nicht wollte, setzte er ihm so lange zu, bis er endlich Erfolg hatte.

Haß

»Dieses Lied da auf der Kassette, das ich nun schon zum fünften Mal hintereinander spiele, drückt mein Unglück am besten aus. Niemand kümmert sich um mich in meiner Welt, schwarz wie die Nacht, keinem kann ich meine Sorgen anvertrauen. Das Schicksal ist hart mit mir ins Gericht gegangen, hilflos stehe ich da, gieße meinen Kummer in ein Glas Wein, trinke ihn ganz allein auch wieder aus und höre dabei diesem Lied zu …«

Ein Gefühl des Ekels erfüllte ihn, er gab sich jedem Schmerz hin, trieb von Gedanken zu Gedanken, zermürbte sich mit seinen unaufhörlich fließenden, stummen Tränen. Dieses Lied, diese Lieder waren seinen eigenen Worten zufolge nicht nur der Ausdruck seines Unglücks, sondern zugleich die Abrechnung damit.

Sein eigenes, sich vor Schmerzen krümmendes, elendes Ich aber, gegen das offenbar jeder – er selbst nicht ausgenommen – feindlich gesinnt war, wollte er am liebsten in Stücke reißen, am Boden zerstören.

Das hatte er schon einmal gemacht, wahrhaftig! Damals war er allerdings nicht so allein auf weiter Flur dagestanden wie jetzt: Viele Freunde waren um ihn herumgewesen, die alle tief aufseufzten, als die Kassette ablief. Natürlich trank man auch Alkohol dabei. Hatte er sich nicht einmal, als er es nicht mehr aushielt, die Brust mit der Rasierklinge aufgeschnitten? War das Blut nicht Schnitt um Schnitt herausgeschossen?

»Bei Gott, wenn die Freunde mir die Rasierklinge nicht aus der Hand genommen hätten, hätte ich noch weiter gemacht … Wenigstens wären die Schnittwunden Zeugen des hervorquellenden Schmerzes in meinem Innern gewesen.«

Er hörte sich die Kassette bis zu Ende an, drehte sie dann um, und wieder erfüllte die leise, wimmernde, gebrochene Stimme des gleichen Sängers den Raum. Viel zu oft nahm er das Wort »Himmel« in den Mund. Das hatte eigentlich nichts mit Ergebenheit zu tun. Vielmehr war es eine Art Fluch, weil seine soziale Stellung, sein Status in der Gesellschaft ihm nicht behagten und weil er das Leben, das ihm eigentlich zustand und nach dem er sich sehnte, nicht hatte führen können ... Ein Haß wuchs in ihm gegen alle möglichen Dinge oder Personen in seiner Vorstellung, Dinge und Personen, die jedoch namenlos blieben; mit diesem Haß im Herzen konnte er nichts anderes als fluchen, war zu nichts sonst fähig.

Dieses Gefühl war nicht von Bestand. Doch darüber dachte er nicht nach. Er fand einfach Gefallen an diesen Flüchen und an der Erleichterung, die sie ihm die ganzen Jahre über verschafften. Wie kam das? Je mehr er Trübsal blies, desto mehr wuchs auch sein Haß; und je mehr er wuchs, desto deutlicher schwebte ihm die Rache als Leitbild vor Augen, eine Rache, die sich aus lauter Haß zusammensetzte. Dieses Leitbild hatte sich allmählich in den Wunsch verwandelt, andere zu demütigen, und das wiederum führte letztlich nur dazu, daß sich die Demütigung wieder gegen ihn selbst richtete.

Nun ja, durch diese Flüche gab er seiner Umwelt auf nicht sehr feinfühlige Art seinen Wunsch nach Rache zu verstehen, der, solange man ihn demütigte, ständig weiter in ihm wuchs. Wie auch der Wunsch, mit gleicher Münze den Schmerz, den die Demütigung in ihm hervorrief, wieder heimzuzahlen, indem er seinerseits andere demütigte. Im Grunde genommen waren die Flüche, die er in seinen vier Wänden ausstieß, nur Selbstgespräche, Gespräche mit Taubstummen.

Wie oft er die beiden Seiten dieser Kassette gehört hatte, wußte er selbst nicht. Ob sie lief oder nicht, der Raum war ohnehin von einem Wimmern erfüllt.

Es gibt keinen Ausweg mehr, kann keinen geben; es wird so oder so kommen, aber wie es auch kommt, immer verbrennen wir uns die Finger dabei.

Es geschieht dir recht, würde ich sagen, ganz recht geschieht es dir, du hast es nicht anders verdient ... Wenn vor ein, zwei Jahren einer aufgetaucht wäre und gesagt hätte, schau, der Weg, den du da einschlägst, ist nicht der richtige, komm, kehr um, so hätte ich geantwortet, kümmere dich lieber um deine eigenen Sachen, Mensch, was du da erzählst, läßt nur erkennen, daß du auf mich neidisch bist.

Er fügte sich selbst unbeschreibliche Schmerzen zu und ließ sich treiben, durchwanderte wieder und wieder die Schluchten seiner Seele mit ihren tiefen Abgründen und finsteren Wäldern. Lief die Kassette überhaupt? Es machte jedoch keinen Unterschied, denn das jämmerliche Wimmern klang ihm noch in den Ohren. Eine zähfließende Masse floß langsam in die Tiefe.

Habe ich mir denn keinen Anzug gekauft? Doch.

Habe ich mir keine Krawatte umgebunden? Doch.

Sind meine Schuhe etwa nicht neu? Doch.

Habe ich mich denn nicht gründlich rasiert? Doch.

Trage ich keinen achtzehnkarätigen Ring mit Goldmünze am Finger? Doch.

In meiner Tasche stecken auch Markscheine.

Warum also halten diese Kerle mich nicht für einen Menschen?

Arbeite ich denn nicht seit Jahren, um auf einen grünen Zweig zu kommen? Habe ich nicht deshalb so gespart, mir nicht einmal Essen und Trinken gegönnt, jede erdenkliche Not auf mich genommen, mich mit einem Leben voller Opfer begnügt?

Sieht man denn nicht, daß ich ein zweistöckiges Haus gebaut habe? Was also ist der wahre Grund dafür, daß man mich so demütigt?

Warum bin ich bloß so?

Er seufzte tief, blies allen Atem in den Lungen die ganze Tonleiter hinauf aus, und seine Hand legte sich wie von selbst auf die Tasten des Kassettenrecorders.

»Ich scheiße auf so ein Schicksal ...«, brummte er vor sich hin.

Paradies kaputt

Das Leben des Fabrikarbeiters A. G., seit neun Jahren in Deutschland beschäftigt, nahm durch einen Zufall eine unerwartete Wendung. Verfügt ein Mensch nicht über die geistige Kraft, sich durch seine Sprache auszudrücken, zu artikulieren und vor allem, sich selbst mitzuteilen, so erwirbt er sich andere Fähigkeiten, andere Anlagen. Auch unser Held A. G. ist einer von jenen, die diesen Prozeß vollzogen haben. Da sein türkischer Wortschatz nicht ausreichte, die Welt, in der er lebte, zu begreifen, behalf er sich mit seinem stümperhaften Deutsch, um am Arbeitsplatz und im Gewimmel des Alltags zurechtzukommen und alle anfallenden Tätigkeiten zu erledigen. Aus diesem Grund auch trieb A. G.s Einbildungskraft, seitdem er hier lebte, üppige Blüten, wurde ein unabdingbarer Teil seiner Wirklichkeit. Das ging so weit, daß er Dinge, die er anstarrte, nicht als solche wahrnahm, sondern in etwas anderes verwandelte, das es in Wahrheit gar nicht gab, und es damit auch nicht genug sein ließ, sondern in seiner Phantasie von neuem Verbindungen zwischen diesen Dingen herstellte, Luftschlösser baute, in denen die Welt ganz anders aussah, und erst dann volle Zufriedenheit erlangte, wenn er auch die Mitmenschen und sich selbst darin angesiedelt hatte. Die Arbeit war ihm in Fleisch und Blut übergegangen, so daß seine Hände, auch wenn seine Gedanken ihre eigenen Wege gingen, ganz alleine die winzigen Teile auf dem vorüberrollenden Fließband zusammenschweißten, die Schrauben in die entsprechenden Löcher steckten und die Muttern festzogen. Dies alles war nur eine Sache der Hände. Seine Gedanken weilten anderswo. Unablässig lief das Band vorüber, und mit ihm kamen die Träume, die ihn in eine Welt entführten, die erfüllt war von Phantasmagorien. Näherte man sich ihm in einem Augenblick, in dem er gerade einmal wieder seinen Träumen nachhing, und sprach ihn an, hörte er einen in der Regel nicht, schreckte jedoch, wenn man sich davon nicht beirren ließ, auf, als erwache er plötzlich aus dem Schlaf, kam nur zögernd zu sich, sah eine Zeitlang ins Leere, als könne er nicht verstehen, warum man ihn gestört hatte, und fragte dann barsch: »Was?« Dieses grobe »Was« entfuhr ihm dann gewöhnlich als erstes. Die nun folgenden Erklärungen hörte er sich geduldig an, nickte ab und zu und bequemte sich schließlich zu einem »Ja«. Manchmal, wenn er es für notwendig hielt, gab er auch eine andere Antwort. Doch jedes weitere Wort, das er nach diesem »Was« von sich gab, war farblos und blaß dagegen, verklang, ohne einen Eindruck zu hinterlassen.

Am Anfang waren diese Spiele und Ausflüge in die Welt der Träume harmlos und leicht überschaubar. Eindeutig eine Spiegelung der Einsamkeit, des Daseins in der Fremde und seiner Sehnsüchte. Während das Band vorüberzog, fand er sich immer wieder von einem Augenblick zum andern in der Steppe, in seinem Dorf in der Steppe. Das, wovon er träumte, existierte tatsächlich: das Lehmziegelhaus, das Zimmer, das einzige, mit dem in den Boden eingelassenen Herd, die filzbedeckten Sofas, der Stall nebenan, der ringsum zum Trocknen auf die Gartenmauer ausgebreitete Kuhmist, das Heiligengrab, an dem die Landstraße aufhörte und in einen Feldweg überging, die Mutter, der Vater, die Geschwister und Freunde, Seyfi Özgeç, der Traktorbesitzer, das Kaffeehaus neben dem Krämer Izzetin und die kleine Moschee mit den Minaretten aus Holz ... Sobald all dies greifbar vor seinen Augen stand, hielt er das Dröhnen der Fabrikmaschinen für das Brummen von Käfern, die in der trüben Luft des Dorfes umherschwirrten. Fast ein Jahr nach seiner Ankunft hier, als auch für ihn der Urlaub heranrückte, hatte er einen unvermeidlichen Traum – er träumte, wie er eines Tages in seinem neuen Anzug, mit quietschenden Schuhen und seinem Filzhut mit Gamsbart in sein Dorf kam, ein völlig anderer Mensch, mit einem Transistorradio in der Hand und gebündelten Markscheinen in der Brieftasche. Mit den Jahren wurden die Träume immer schwieriger, verworrener, so daß man sie nicht mehr auf Anhieb entwirren konnte.

Als neun Jahre ins Land gegangen waren und seine Ersparnisse inzwischen viele Tausende betrugen, kannte seine Phantasie keine Grenzen mehr. All diejenigen, mit denen er seit seiner Kindheit vertraut war und die inzwischen längst das Zeitliche gesegnet hatten, erweckte er wieder zum Leben und stellte sie erneut in Zeit und Raum.

Und während die sich im Dorf mit ihrer täglichen Arbeit abrackerten, fuhr er in die Kreisstadt, ging ins Grundbuchamt zum Katasterbeamten, bezahlte für all die um das Dorf herum brachliegenden Felder, deren Besitzer nicht mehr ausfindig zu machen waren, zahlte mit barem Geld über ihren Schätzwert hinaus und ließ sie auf seinen Namen ins Grundbuch eintragen. Dann begann er auf diesen Ländereien mit allerlei Bauarbeiten. Doch man soll nicht etwa denken, daß er Häuser errichtete, nein, er beschäftigte sich vielmehr mit einer Art Übertragung. All die Gebäude, die er je in Deutschland gesehen, an denen er Gefallen gefunden hatte und die ihm nicht mehr aus dem Kopf gingen, sah er jetzt in Gedanken auf seinem eigenen Grund und Boden stehen. Und was es da nicht alles gab ...

Alles, aber auch alles – angefangen von Gartenhäusern mit steilen Satteldächern, mehrstöckigen Betonbauten und Autobahnbrücken bis hin zu kleinen, von Gärten eingerahmten Barockschlössern – war vertreten, sogar Kirchen, die ihn beeindruckt hatten (nicht als Kirchen zwar, aber als mühsam daraus zusammengebaute Moscheen). Den Horizont hinter seinen Feldern, die sich dehnten, soweit das Auge reichte, bildeten Fabriken mit ihren rauchspeienden Schlöten. Und da er sich nicht mehr zügeln konnte, vervollständigte er dieses Bild noch mit Kneipen, Cafés und Kaufhäusern, bis es endlich komplett war. Und er vergaß nicht, unzähligen Deutschen, ob er sie nun persönlich kannte oder nicht, in diesem Spiel der Imagination eine Rolle zu übertragen. Und noch etwas ... Wie ein sorgfältig arbeitender Drehbuchautor verfolgte er ihre Erlebnisse in bestimmten Situationen bis in alle Einzelheiten und ließ sich förmlich mitreißen von dem Film in seinem Kopf.

Auch an jenem Tag, dem 14. Mai 1981, einem Donnerstag, war er zwischen der Brotzeit und der Mittagspause mit seinen Gedanken wieder einmal weit weg. Er durchlebte zum soundsovielten Male ein Ereignis, von dem er in der letzten Zeit immer wieder glückselig geträumt hatte …

An dieser Stelle muß man einmal klar sagen: Auch mit überlegt gewählten Worten ist man nicht in der Lage, dieses Erlebnis so nachzugestalten, wie er es sich in seinem Enthusiasmus ausmalte. Daher unternimmt man am besten gar nicht den Versuch, es zu beschreiben, sondern stellt nur lapidar fest, daß er »von einem Erlebnis träumte«. Hoffentlich können auch Sie dieser Haltung Verständnis entgegenbringen; die Träume eines Menschen sind nämlich nur auf ihn zugeschnitten, sind nur für ihn da. Auch als Schriftsteller ist man außerstande, die Wunschbilder eines anderen zu beschreiben. Wichtig ist nur, daß A. G. träumt, aber nicht, seine Vorstellungen in Worte zu fassen. Das bisher Erzählte hatte nur den Zweck, Sie ein wenig mit A. G. vertraut zu machen. Die eigentliche Geschichte beginnt erst jetzt.

A. G. war wieder einmal der Welt um sich herum entflohen. In dem allgemeinen Hin und Her der Menschen, die irgendwohin eilten, zog das Fließband vorüber, mit seiner gewohnten Monotonie, seiner Ziellosigkeit.

»Peng, peng!«

Erschrocken drehte er sich in die Richtung, aus der die Stimme kam. Hansmann stand unmittelbar vor ihm. »Peng, peng, peng!« Jetzt trat der Transportarbeiter Hansmann mit seinem kindlichen Gesicht, das gar nicht so recht passen wollte zu seiner hünenhaften Erscheinung, einen Schritt hinter ihn und tat so, als schösse er mit einer Pistole auf ihn. »Peng, peng! …«

»Was denn?« fragte er in erstauntem, gleichzeitig aber beleidigtem

Ton. »Mann, was penk, penk?« Hansmann, zu Scherzen aufgelegt, setzte jedoch den Spaß fort und wiederholte: »Peng, peng! ... Tu nicht so naiv! Gestern hat doch glatt einer von euch ein Attentat auf den Papst verübt, auf den Heiligen Vater ...«

»Ach so!«

»Der Kerl wäre im Paradies gelandet.«

Die Nachricht von diesem Attentat hatte er schon heute morgen, als er zur Arbeit kam, im Umkleideraum gehört. In der Pause war es das einzige Gesprächsthema gewesen. Sicherlich führte Hansmann etwas im Schilde, wenn er ausgerechnet zu einer Zeit auftauchte, in der die Arbeit auf vollen Touren lief, um unter dem Vorwand des Attentats sein Spielchen mit ihm zu treiben.

»Weißt du, was der Papst gesagt hat, als er wieder zu sich gekommen ist? Armer Junge, hat er gesagt, ich vergebe dir. Mein Leben ist in Gottes Hand.«

Der Mörder kann unmöglich ein Türke sein, ging es A.G. durch den Kopf, doch wie hieß das auf Deutsch? »Nix Türke, Anarchist!«, versuchte er sich radebrechend zu verteidigen. Hansmann lachte und tätschelte ihm die Schulter: »Egal, egal! Der Heilige Vater hat genug Geld, um sich das ersehnte Paradies zu kaufen, sei es auf dieser Welt, sei es im Jenseits ... Du kannst das natürlich nicht, er aber schon ...«, fügte er dann mit Bedauern hinzu.

In der Zwischenzeit hatten die Arbeiter am Band die Geschwindigkeit gedrosselt und machten bei dem Jux mit. Als sie nach einer Weile wieder ihre Arbeit aufnahmen, versuchte A.G., das Geschehen auf seine Weise zu interpretieren.

Zuerst glaubte er, man hätte ihm ein Signal gegeben. Es ging nämlich das Gerücht um, daß nach den Sommerferien Entlassungen ins Haus stünden. »Sicher ist das ein Vorwand, und in erster Linie werden sie dann Türken entlassen. Hat der Kerl keine bessere Zeit finden können, um den Papst zu ermorden? Das war der denkbar ungünstigste Augenblick ...«

Er hatte fast Hunderttausend beisammen. Die zweiten Hunderttausend waren ihm einstweilen nicht so wichtig, mußten doch zunächst einmal die ersten komplett sein ...

Ungeduldig, fast verzweifelt, erwartete er den Feierabend, bedrängt von sich übereinanderschiebenden Träumen. Es war keine vage Vorahnung mehr, sondern seine feste Überzeugung, daß sein Dasein in Deutschland nun an einen Wendepunkt gelangt war. Und derlei Vorzeichen mußten ihn in seiner Meinung nur noch bestärken. Er seufzte tief, beklagte sein Schicksal und meinte schließlich lapidar: »Das Schicksal will es so, es kommt alles, wie es kommen muß!«

Das Fließband verwandelte sich von einem Augenblick zum andern in ein ganz ungewöhnliches Band:

Eines, das einem Überdruß bereitete, Langeweile und Plackerei bedeutete, ein Band, das nicht länger Träume beförderte. Er fühlte einen fürchterlichen Schmerz in den Schultermuskeln.

Nach Feierabend vertrieb er sich meist die Zeit am Hauptbahnhof, wo er, die Hände auf dem Rücken gefaltet, ziellos auf- und abmarschierte und, wenn ein Bekannter vorbeikam, mit ihm ein paar Worte wechselte. An den Wochenenden dagegen saß er, wenn er gerade Lust verspürte, in den verschiedenen Kneipen der Umgebung.

Als er an jenem Tag den Betrieb verließ, schlug er wieder die Richtung zum Bahnhof ein, um dieses Mal einige andere Kneipen aufzusuchen, in denen vielleicht eine andere Atmosphäre herrschte und die einen anderen Zauber ausstrahlten. Er war sich noch nicht ganz schlüssig. Zuerst ging er in den Warteraum und ließ seinen Blick umherschweifen, bis er jeden Winkel durchmessen hatte. Aus unerfindlichen Gründen hatte er etwas dagegen, allein Platz zu nehmen und einen Kaffee zu trinken. So kehrte er gelangweilt dem Saal den Rücken.

Später erinnerte er sich, in einer halbdunklen, von rotem Schummerlicht spärlich erleuchteten Bar gesessen zu haben. Seltsamerweise war er in Gesellschaft Hansmanns und zweier weiterer Leute vom Betrieb, deren Namen er nicht kannte. Wo und wie sie sich begegnet waren, daran konnte er sich nicht erinnern. Zu dieser Gruppe der vier Männer stieß eine Weile später noch eine Frau mit einem Mausgesicht, deren Beine durch den Schlitz des grünen Rockes bis zu den Oberschenkeln hinauf zu sehen waren. Unbeteiligt hörte sie dem Gespräch zu, überging gleichgültig die Unflätigkeiten, die unter dem Einfluß des Alkohols immer wüster wurden, nahm widerwillig die Handgreiflichkeiten in Kauf. Nur gelegentlich, wenn einer sie allzu fest zwickte, schrie sie mit hoher Stimme »Au!«, blieb aber bei den vier Männern am Tisch sitzen trotz ihres groben, rücksichtslosen Benehmens. Wenn sich ihr Likörglas leerte, umschmeichelte sie mit allen Tricks, die ihr zur Verfügung standen, den, der gerade am nachgiebigsten zu sein schien, bis er ihr noch ein Getränk bestellte.

Je weiter die Stunde vorrückte, desto bedeutungsloser wurden ihre Gespräche; Gelächter, abgebrochene Wörter hingen in der Luft, schwirrten zusammenhanglos durch den Raum. Die Gesichter wurden dünner, dünn wie Kerzen.

In der Morgendämmerung verließen die vier Männer und die Frau das Lokal.

»Wo gehen wir hin?«, fragte der mit dem rötlichen Schnurrbart und der Lederjacke unternehmungslustig. »Ins Paradies!«, antwortete sein Kumpan, ein kleinwüchsiger Mann und steckte die Hände in das Dekolleté der Frau mit dem Mausgesicht.

»Laß mich los!«, kicherte sie geziert und versuchte, indem sie sich krümmte und wand, seinen Händen zu entkommen.

»Peng, peng, peng! ... Heiliger Vater, hah, hah ...«

Von neuem wiederholte Hansmann den Fez, den er schon die ganze Nacht hindurch gemacht hatte; nur lallte er jetzt, spuckte um sich, und außerdem plagte ihn der Schluckauf.

In der kühlen Luft fühlte sich A. G. wie benommen.

Alle zusammen stiegen in ein Auto. Der Kleinwüchsige setzte sich ans Steuer. Nach einigen vergeblichen Versuchen sprang der Motor an.

Die Straße war feucht. Die Straßenbahnschienen in dem groben

Kopfsteinpflaster, auf denen der matte Widerschein der Straßenlichter glänzte, liefen schnurgerade bis zur nächsten Biegung. Leicht auf- und abfedernd fuhren sie eine Weile durch die menschenleere Stadt. Sie erreichten den Stadtrand, kamen durch ein Industriegebiet. Die Fabriken, Werkhallen und Lagerhäuser links und rechts, die mächtig und dunkel dastanden, bildeten im kalten Licht der Neonröhren bizarre Kulissen, in denen Leere und Einsamkeit wohnten. Kurze Zeit später bogen sie in einen stockdunklen Feldweg ein. Ruckartig hielt der Wagen an. Der kleinwüchsige Mann am Steuer zog die Handbremse an und drehte sich halb um:

»Meine Herren, wir sind da. Endstation! Wer fängt an?«

Seine Stimme klang dominierend. A. G., mit hängendem Kopf, öffnete angestrengt die Augen und fragte mit verdrießlicher Stimme: »Was?«

Die anderen übergingen diese Frage geflissentlich. Beim Auslosen durch Münzwurf gab es keine Unstimmigkeiten, so daß die Reihenfolge friedlich geregelt wurde.

Der Mann mit dem roten Schnurrbart und die Frau blieben im Auto, die anderen stiegen aus. Kaum waren sie im Freien, steckten sie sich, als hätten sie das vorher abgemacht, eine Zigarette an, und die Flammen ihrer Feuerzeuge flackerten auf und erloschen wieder.

Es war kalt. Im blassen Mondlicht ergriff sie ein Schaudern. A. G. wurde es übel. Ein nicht zu unterdrückendes Rülpsen nahm Besitz von ihm, und zwischendurch kam ihm immer wieder die Galle hoch. Das würde er nicht mehr lange ertragen können, das war ihm klar. Er hatte den Eindruck, als drehten sich Mühlsteine in seinem Magen, als stieg unter einem furchtbaren Druck alles Wasser in ihm hoch bis in Rachen und Mund, um am Ende ganz herauszuschwappen. Dieses bittere, brennende Wasser überspülte förmlich seinen Verstand. Er rannte hinüber in den Schatten eines Gebüsches, und dann hörte man, wie er sich mit tiefem Ächzen übergab.

»He, Türk, wo bist du denn, Kerl? Du bist an der Reihe!«

»Peng, peng, peng! ... So versteck dich doch nicht, jetzt ist nicht die Zeit, Späße zu machen!«

»Zu dieser Stunde sieht Allah ja nicht, was du treibst! ...«

»Bald wird es hell, mach schon, wir wollen rechtzeitig abziehen ...«

Sie schwärmten in alle Richtungen aus und suchten in der zur Neige gehenden rauhen Nacht, müde und schläfrig vom Rauchen, vom Alkohol und vom Sex, A. G., der auf geheimnisvolle Weise verschwunden war. Vergebens. In der endlosen Stille hatten sie bald keine Lust mehr, weiterzumachen.

»Na ja ... Dann Gute Nacht!«

»Guten Morgen! Viel Spaß! ...«

Sie gaben die Suche endgültig auf und stiegen erleichtert ins Auto. Das Brummen des Motors entfernte sich allmählich, wurde immer leiser, verschwand.

Als A. G. die Augen aufschlug, fand er sich mitten im frischen Grün eines Feldes. Die laue Luft wehte ihm allerlei Düfte in die Nase und die schwarze, fettige Erde unter ihm fühlte sich feucht an. Zwischen dem Weizen, der schon zwei Handspannen hoch war, blühten da und dort gelbe und violette Blumen. Die Sonne funkelte in den Tautropfen des frühen Morgens, verwandelte sie in Kristallperlen, die eine unsichtbare Hand überallhin verstreut hatte. Käfer summten, Schmetterlinge flatterten vorüber.

»Wo bin ich eigentlich?« fragte er sich verblüfft. Er rieb sich die Augen, schloß sie dann wieder. Als er sie langsam zum zweiten Mal öffnete, glaubte er rings um sich eine Traumwelt zu sehen, die sich gleich in nichts auflösen würde. Aber nein, es war die Wirklichkeit. Nur brummte ihm gehörig der Kopf. Er hatte einen bitteren Geschmack wie nach Gift im Mund, und seine Kehle war vollkommen ausgetrocknet.

»Was machen Sie denn hier? Du liebe Zeit, wie sehen Sie denn aus? ... Ist Ihnen etwas zugestoßen?«

»Was?«

»Sehen Sie sich nur mal an, in bester Verfassung sind Sie nicht gerade. So sagen Sie schon, was ist los mit Ihnen?«

Die Stimme, die da so sprach, gehörte einer jungen Frau, die unvermittelt neben ihm stand. Ihre nackten Füße steckten in Holzpantinen, und ihre gütige Stimme bildete einen scharfen Kontrast zu ihrem schwerfälligen Körper und dem runden, einer Sonnenblume ähnelnden Gesicht.

»Wie sind Sie hierhergekommen? Kann ich Ihnen helfen? Können Sie laufen?«

»Danke schön, danke schön ... Mir fehlt nichts.«

Er raffte sich etwas auf, betrachtete mit Verwunderung seine Umgebung, sann darüber nach, was sich da abgespielt hatte. Bis zum Horizont dehnte sich das Feld, eine Reihe von Schloten setzte ihm ein Ende. Er fühlte sich innerlich gelöst. Vor seinen Augen schwebten Engel, deren Gesichter dem der Frau glichen, die noch immer vor ihm stand. Er genoß die Beschaulichkeit eine Weile. Dann verschwammen die Engelsgesichter, auch ihre zu den Fersen herabwallenden blonden Haare und schließlich, einer nach dem andern, auch ihre seidenen Flügel. Die Umrisse ihrer Körper verloren sich und hinterließen in seinem Bewußtsein nichts weiter als eine Vielzahl von Flecken. Seine Seele war gefangen in einem Wirbel der Qual, eine Kneifzange drückte sie von allen Seiten. Sein Körper war gleichsam eingeschlafen, ohne Gefühl.

»Wenn Ihnen nichts fehlt, so gehen Sie doch! Nach einem kurzen Marsch erreichen Sie die Straße; dort nimmt sie bestimmt jemand im Auto mit in die Stadt. Warum starren Sie mich so an? Haben Sie nicht gehört, was ich sagte? Ich habe Angst, gehen Sie ... Ich flehe Sie an, ich möchte Ihnen wirklich nur helfen ...«

Er bohrte mit aller Kraft seine Finger in den Hals der Frau und drückte zu; ein unverständliches Röcheln ersetzte alle weiteren Worte.

»Nein, ich werde nicht gehen. Ich bleibe hier.«

Es kümmerte ihn nicht, daß die junge Frau zusammensackte. Es schien, als schwimme er in einer Welle des Glücks. Im Traum stellte er einige seiner Häuser auf dieses Feld hier, das sich so endlos weit dehnte und erst am Horizont unmittelbar vor den Fabrikschloten ein Ende fand. Dabei vergaß er nicht, auch für das kleine Barockschloß im Park, an dem er jeden Morgen auf dem Weg zur Arbeit vorüberging, in einer Ecke einen sorgfältig ausgewählten, ihm angemessenen Platz zu reservieren.

Traurigkeit

In der letzten Zeit bin ich sehr sensibel und melancholisch geworden, dachte er bei sich. Die vorüberhastenden Fußgänger, die betagte Frau mit ihrem merkwürdigen Hut, den eine grüne Feder zierte, der Herr mit der Mappe, dessen vorgestreckter Kopf gleichsam vor dem übrigen Körper lief, der Junge auf dem Fahrrad, die Betrunkenen der frühen Freitagsstunden, die grölend und mit großem Hallo die Kneipe an der Ecke verließen, kamen ihm vor, als verpaßten sie ihm eine schallende Ohrfeige, einen Hieb, dessen Schmerz ihn tief traf. Einmal klatschte es auf die rechte, einmal auf die linke Wange; er wurde gerüttelt, stolperte, richtete sich mit Mühe wieder auf. Auf beiden Wangen, in seinem Inneren fühlte er einen heftigen Schmerz, der kaum auszuhalten war. Es reicht, reicht schon ... Er war wie betäubt. Doch es gab noch eine Ohrfeige, noch eine. Während er immer stärker mit den Tränen zu kämpfen hatte, krümmte er sich zusammen, um sich besser zu schützen und vor seinen Feinden zu verstecken, wobei er sein Gesicht mit den Händen bedeckte. Wie sehr es auf den Straßen von Feinden wimmelt! Er kam gerade vom Einkaufen. In der Hand trug er ein ziemlich schweres, bis oben hin gefülltes Einkaufsnetz. Immer wieder tauschte er es mit den Plastiktaschen in der anderen Hand aus, um die Last gleichmäßig zu verteilen, damit seine Arme nicht erlahmten. Als er an der Kreuzung, wo die Straße, auf der er lief, und die Hauptstraße aufeinandertrafen, bei einem Feinkostladen vorbeiging, in dem er wegen des dicken, geschwätzigen Verkäufers schon seit längerem nicht mehr einkaufte, schaltete die Ampel auf Rot. Er blieb stehen. Die Autos sausten vorbei, als würden sie von einem gespannten Bogen abgeschossen. Es erschien ihm, als hätte jedes der vorbeiflitzenden Autos ihm eins in die Seite gegeben. Sie stießen gegen ihn, alle nacheinander, fuhren aber, dessen ungeachtet, weiter. Er merkte, daß ihm schwindlig und schwarz vor Augen wurde. Die Bäume trugen zwar Knospen, doch in Abständen tobte ein heftiger Wind und trieb abwechselnd Schnee und Regen vor sich her. Wieder kamen Leute, die ihn am Kragen packten, worauf er mit ihnen zu ringen begann. Eine unbeschreibliche Melancholie, ungewohnt für ihn, übermannte ihn zusehends in den letzten Tagen, griff um sich oder schlug, wenn sie sich nicht entfalten konnte, in Hoffnungslosigkeit oder zumindest in Langeweile um, die ihn zu völlig unerwarteten Zeiten, an ungeeigneten Orten packten. Er zwang sich, an etwas anderes zu denken, und als hätte er es gerade erst entdeckt, fuhr es ihm durch den Kopf: »Es ist schon Ende April, doch der Winter hat immer noch nicht das Feld geräumt.« Bei diesem Gedanken schaltete die Ampel auf Grün um. Eilig überquerte er die Straße. In diesen Stunden mußte man sich als Fußgänger bei Grün sputen, denn nach Feierabend herrschte dichter Verkehr. Er war eben erst in der Straßenmitte angekommen, als die Lichter schon wieder wechselten; er zögerte, war unentschlossen. Die Unentschiedenheit war eine Art Reflex. Der Strom der Autos begann wieder zu fließen. Von Panik ergriffen, hastete er in großen Sätzen bis zum gegenüberliegenden Bürgersteig. Hier fühlte er sich zunächst einmal in Sicherheit, stellte die Plastiktaschen und das Netz auf das Pflaster und verschnaufte. Sein Blick wanderte zu der Straße hinter ihm und den vielen Autos: Dieser Haufen von Blech, der wie eine nicht enden wollende Lawine dahinrollte, verwandelte sich mit einem Mal in Dämonen, Phantasiegebilde, wie sie primitive Religionen kannten. Seine Ohren erschienen ihm wie ausgetrocknete Tiefbrunnen, in die man Steine warf. Ließ der schrille Lärm einmal etwas nach, erfüllte das Quietschen von Bremsen, das Dröhnen der Hupen und das Brummen der Motoren die Luft. Zusätzlich stieg der Geruch von Asphalt und heißen Reifen in die Nase.

»Noch ein Stückchen, dann bin ich erlöst, weit ist es nicht mehr.« Hoffentlich würde er es so lange aushalten. Die Ausflüge ins Reich der Phantasie hatten sein Gewissen in Aufruhr gebracht, seine Sensibilität gesteigert. Seit fast acht Jahren lebte er isoliert von seinen Freunden, pendelte nur zwischen Arbeit und Zuhause hin und her. Auch in die Heimat fuhr er nicht in den Ferien, telefonierte nur dann und wann mit seinen Eltern, erzählte ihnen, daß er sehr wohlauf sei, daß sie sich seinetwegen keine Sorgen machen sollten, daß er sehr beschäftigt sei und aus diesem Grund nicht kommen könne. Forschten sie dann etwas nach, beziehungsweise wollten gerade damit beginnen, lenkte er geschickt ab, meinte, sinnlos, lange zu telefonieren, es käme zu teuer, und beendete das Gespräch.

»Das ist so, als bohrte man meine Seele mit Nadeln an«, murmelte er vor sich hin, wobei ihm sein eigenes Ich nicht ganz geheuer vorkam.

In diesen Tagen erwartete er etwas Neues. Eine Nachricht von größerer Tragweite. Doch diese Nachricht traf nicht ein. Für ihn war weder der Tag ein Tag, noch die Nacht eine Nacht; seine Empfindlichkeit wuchs, seine Traurigkeit nahm zu.

Sein Blick fiel auf die Zigarettenwerbung an einer Holzwand, die die leere Fläche zwischen zwei Häusern ausfüllte. Die junge Frau darauf, die Haare nach hinten geworfen, lachte. Einen Augenblick lang faszinierte ihn das Lachen. Aus der lachenden Frau mit den fliegenden Haaren formte sich ein Bild. Darauf entstand eine Landschaft, von Öde gekennzeichnet. In einer Ecke ein verfallener Konak. Die Kletterrosen um die Gartenlaube vor dem mit Gras bewachsenen Teich waren längst verwildert. Da und dort ein vernachlässigtes Blumenbeet. Im nächsten Augenblick flüsterte ihm jemand eine alte, ihm bekannte Geschichte ins Ohr:

Es war einmal ein alter Gärter der fern von den Menschen ganz allein lebte. Niemand wußte, woher er kam, wer er war. Seine einzige Beschäftigung, seine einzigen Lebensgefährten waren die Blumen, die er züchtete. Unter all den schönen Gewächsen mochte er am liebsten die Hyazinthen, von deren Purpurtönen sein einsamer Garten zu bestimmten Zeiten erfüllt war. Daher nannten ihn alle, die ihn kannten, den »Hyazinthen-Gärtner«.

Der alte Mann kümmerte sich fürsorglich und ausdauernd um jede einzelne seiner Blumen, führte Gespräche mit ihnen, machte Witze. Es hieß, daß er mit den Blumen, deren Kraft in den Stängeln langsam nachließ und die am Verwelken waren, so herzlich redete, daß die Worte auf sie wie Belebungsmittel wirkten, so daß sie erneut aufblühten. Wenn er mit ihnen sprach, so tat er es in der festen Überzeugung, daß sie eines Tages auch eine Stimme haben würden. Dann, es war eben wieder Hyazinthenzeit, versank der Garten in einem einzigen Purpur. Den ganzen Tag lief der Alte von einer Hyazinthe zur andern, sprach mal mit der, mal mit jener. Plötzlich zog eine besonders große, purpurne Hyazinthe, die sich von den anderen unterschied, seine Aufmerksamkeit auf sich. Wie verzaubert kniete er vor der Blume nieder und wandte den Blick nicht mehr von ihr. Sie trägt einen Wurm in sich, sagte er zu sich, das ist ein Zeichen, daß sie mit mir reden wird; daher sieht sie anders aus als die anderen.

Die Hyazinthe schien die Worte des Alten gehört zu haben, wollte offenbar eine Antwort geben, doch fehlte ihr die Stimme. Das macht ja nichts, dachte der alte Gärtner, wenn sie heute keinen Laut hervorbringt, so morgen; wenn es heute nicht klappt, dann eben morgen. Dann, noch leiser, sprach er im Tonfall eines Weisen: »Das macht nichts, meine Hyazinthe, laß dir nur Zeit, all die Jahre habe ich schon gewartet, überanstrenge dich nicht, wenn es heute nicht gelingt, dann morgen …« Von diesem Tag an widmete der Gärtner den Großteil seiner Zeit dieser Hyazinthe, ihr galt all seine Mühe. Er wich nicht mehr von ihrer Seite. Sein ganzes Leben breitete er vor ihr aus, auch die geheimsten Gefühle. Die Schmerzen, die er erlitten, die Freuden, die er erlebt, die Liebschaften, die er gehabt hatte, schilderte er in allen Einzelheiten und setzte dann hinzu: »Oh, meine Hyazinthe, überanstrenge dich nicht, wenn die Zeit noch nicht gekommen ist; ich kann noch warten, wie ich es all die Jahre schon getan habe.«

Dieses Jahr war die Zeit der Hyazinthen schon vorüber. Jene Hyazinthe erweckte immer noch den Anschein, als wollte sie gleich zu sprechen beginnen, aber es gelang ihr nicht. Die Blüten verwelkten und fielen ab. Der alte Mann grub eines Tages ihre Zwiebel aus und wählte unter Hunderten von Pflanzen für diese eine mit Bedacht einen besonderen Platz aus.

Voll Ungeduld wartete er auf das nächste Jahr. Wie immer wuchsen die Hyazinthen, und jene besondere Hyazinthe sah wieder sehr elegant aus. Auch dieses Mal schenkte er ihr sein Hauptaugenmerk, hegte und pflegte sie. Nur höchst selten entfernte er sich tagsüber von ihr und sprach wie gewohnt mit ihr, erzählte ihr allerlei. Und die Blume sah aus, als wollte sie gleich reden, konnte es jedoch nicht. Das Jahr ging vorüber. Auch das nächste. Und noch viele weitere Jahre ... Immer hatte es den Anschein, als wollte sie gleich zu sprechen beginnen, nur konnte sie es nie bewerkstelligen. Eines Tages starb der alte Gärtner.

Ein Zittern lief durch seinen ganzen Körper. Verstohlen ließ er den Blick noch einmal zu der freien Fläche, der Holzwand und der Zigarettenwerbung schweifen; die Frau mit den fliegenden Haaren lachte immer noch. Er lief weiter.

An der Haustür zögerte er, schließlich öffnete er den Briefkasten; auch heute war er leer. Er verspürte Erleichterung. Trotz der schweren Taschen in der Hand rannte er die Treppen hoch. Als er den Schüssel ins Schloß steckte, zitterte seine Hand. Er war den Tränen nahe. Als er die Tür hinter sich geschlossen hatte, fühlte er sich wohler. Nun war er allein mit seinem ferngesteuerten Videorecorder, dem Fernsehapparat, den Videokassetten und dem Hirsch auf dem Wandteppich. Nichts war ungewohnt oder fremd. Alles ringsum war ihm wohlbekannt, vertraut, sanft. Die Gegenstände hatte er selbst ausgesucht und gekauft; unter ihnen fühlte er sich nicht fremd. Alles, was durch diese Tür kam, wurde ein Bestandteil der Wohnung, seiner Welt, so wie sein Bett, das er bei einem Trödelhändler erstanden hatte. Es wurde ein Stück seiner selbst, war unentbehrlich für ihn, nahm den Geruch seines Körpers, seiner Seele an und atmete zusammen mit ihm. Nun war er allein mit seiner endlosen Einsamkeit. Nach Belieben konnte er seine Traurigkeit auskosten. Er hatte viel zu tun.

Zuerst schüttete er den Inhalt des Netzes und der Taschen auf den Esstisch. Einen Augenblick überlegte er, womit er beginnen sollte. Erst einmal verstaute er die Raki-Flasche im Kühlfach. Sah nach, ob er noch Wasser im Kühlschrank hatte. Er nahm die Flasche Contrex heraus, befühlte sie und legte sie ebenfalls ins Kühlfach, weil sie ihm nicht kalt genug war. Zufrieden öffnete er all die Packungen. Er leerte die Oliven in eine Schale, goß Olivenöl und Zitronensaft darauf und bestreute sie mit etwas Thymian. Das gemischte saure Gemüse kippte er auf einen ovalen Teller und legte die ebenfalls sauren Auberginen, die er einer anderen Packung entnahm, mitten darauf. Er schnitt den Weiß- und den Kashkavalkäse in Scheiben und legte sie auf zwei verschiedene Teller. Dann hielt er eine Zeitlang unschlüssig inne. Zwei undeutliche Gefühle kämpften in seiner Brust: Sollte er seine Arbeit auf dem schnellsten Weg zu Ende führen und den Tisch decken oder nicht? Er war ziemlich aufgeregt; eben machte er sich daran, die Wirklichkeit, die er sich gewünscht und bis in alle Einzelheiten ausgemalt hatte, Schritt für Schritt in die Tat umzusetzen. Außerhalb der Realität draußen, die jeden Tag mit Hilfe der anderen zustande kam und in der er leben mußte, existierte noch eine Realität inmitten all der selbst ausgewählten Dinge, die nun fröhlich wiederauferstand, als hätte man ihr Leben eingehaucht. Sogar die Traurigkeit gehörte zu dieser Realität. War ein unentbehrlicher, unabdingbarer Bestandteil von ihr. Ohne Melancholie ging es nicht, auch sie mußte man zu genießen verstehen. Um sich noch etwas Zeit zu lassen, schob er eine Olive in den Mund und kaute mit Wohlbehagen darauf herum. Er hatte genügend Olivenöl und Zitronensaft darauf geträufelt. Den Kern spuckte er aus. Er nahm die Konservendosen zur Hand, von denen die eine gefüllte Weinblätter, die andere weiße Bohnen in Olivenöl enthielt. Laut las er die Etiketten, als wollte er damit ihren Inhalt bekanntgeben: »Ece Konserveleri – Halis Zeytinyağli Fasulya Pilâkisi – Türk Mali.« Auf der anderen prangten das Bild eines gefüllten Weinblatts und die türkische Aufschrift »Yaprak Dolmasi«, sie kam jedoch nicht aus der Türkei, sondern aus Griechenland. Die Dosen zeigten da und dort schon etwas Rost. Leicht ließen sie sich nicht öffnen; das Messer versagte bei dem dicken Blech, und mit all seinem Geschick beim Dosenöffnen, ja sogar mit blanker Gewalt, scheiterte er kläglich. Zu guter Letzt schaffte er es doch noch und öffnete sie wenigstens bis zur Hälfte, so daß er den Inhalt auf Teller schütten konnte, auch wenn einige der Weinblätter dabei auseinanderbrachen. Als er noch die türkische Wurst dazu legte, war der Tisch fast schon gedeckt. Durch die unterschiedlich kleinen und großen Teller und Schalen herrschte eine vollkommen andersartige, ungewöhnliche Stimmung. Er zündete sich eine Zigarette an. Beinahe wäre er wieder in die alte Trübsal verfallen. Er lief ins Zimmer, betrachtete die vertrauten Gegenstände der Umgebung, den Hirsch auf dem Wandteppich und versuchte, etwas Ungewohntes, Neues in ihnen aufzuspüren. Seine Hand glitt wie unter Zwang zum Kassettenrecorder, auf den Knopf aber wollte er nicht drücken. »Zuerst wird der Tisch gedeckt«, dachte er bei sich, um eine Entschuldigung für sein Zögern zu haben. »Alles muß perfekt sein, nichts darf fehlen.«

Er ging in die Küche zurück und bereitete einen Bauernsalat zu. Zuerst schnitt er den Kopfsalat in feine Streifen, dann die Schalotten, die Gurken, Tomaten und Peperoni und bestreute sie mit Salz und Pfeffer. Oben darauf schüttete er reichlich Olivenöl und Essig. Er halbierte zwei Tomaten und legte sie zusammen mit einer halben Gurke auf einen extra Teller. Dann machte er Cacik, indem er Joghurt in einer Schüssel umrührte, kleine Gurkenstücke hineinschnitt und etwas geriebenen Knoblauch dazu gab. Dann beträufelte er alles mit Olivenöl und schmeckte es mit Paprika ab. Am Ende garnierte er das Ganze mit etwas Dillkraut.

Während er die Lammkoteletts briet, schien es ihm, als sei das Essen nicht genug, als fehlte etwas. Der würzige Duft des mit Thymian bestreuten Fleisches, der Tomaten und Peperoni auf dem Grill erfüllte die ganze Wohnung. Er öffnete die Fenster, damit der Rauch abzog.

Auf dem Tisch gab es kein freies Fleckchen mehr. Obwohl der Tisch sich schier bog, plagte ihn ein Gefühl der Unruhe, der Unzufriedenheit. Er hatte Angst, daß er etwas vergessen hatte, daß etwas fehlte. Als er ein wenig nachdachte, fiel ihm ein, was er vergessen hatte: die gebratene, in Würfel geschnittene Leber mit Zwiebeln, das gerollte, mit Käse gefüllte Börek, die Artischocken in Olivenöl und das Auberginenmus ...

Vergessene Erinnerungen stiegen in ihm hoch, leuchteten auf wie Pailletten, und der Tisch vor ihm verschwand. Tage, lange verflossen, erschienen vor seinem Auge. Sein Unglück hatte ihn wieder eingeholt. Hat man glückliche Stunden immer nur in der Vergangenheit erlebt? Endeten die Erinnerungen, deren Spuren längst verwischt waren, und die vergangenen Tage, sobald man sie ans Tageslicht zurückholte, immer in Melancholie? Er hatte die Schwelle erreicht, an der sein Bewußtsein sich in Nebel hüllte und an der er die Tür zur Welt der Halluzinationen aufstieß. Als Kind hatte er einmal am Mevüt-Gebet teilgenommen. Die Stimmen der heiligen Männer, die offenbar ohne Fehl und Tadel waren, trugen Gebetshymnen vor, und das Solo des Hodschas, der vorbetete, drang tief in die Seele ein und führte sie weit mit sich fort. In weite Fernen. Nichts blieb zurück, nicht einmal Konturen. Alles löste sich auf. Eine unwirkliche Welt erstand, alle Anwesenden verwandelten sich, schmolzen zu einer einzigen gläubigen Seele zusammen, die im leeren Raum schwebte. Dann kamen die Buben mit ihren gutmütigen Gesichtern auf weißen Nylonsocken durch die Reihen getippelt und reichten Rosenwasser und Bonbons.

Aus der Küche drang das Schluchzen einer Frau, glich dem Sprudeln frischen Wassers ... Er lauschte: Das mußte eine Sinnestäuschung sein. Es gab keine schluchzende Frau in der Küche. Dennoch steckte ihm der jämmerliche Ton wie ein Knoten im Hals, wollte nicht mehr weichen. Was sollte überhaupt die Reue in seinem Leben, das er sich schließlich selbst so vorgestellt, in freier Entscheidung so und nicht anders gestaltet hatte? Was steckte dahinter? Was ihm fehlte, waren nicht die Erlebnisse der Vergangenheit, sondern die der Zukunft. Das Wann und Wie. Ereigneten sie sich wie jetzt, auf die gleiche Art und Weise, die er sich immer gewünscht hatte, in einer so vertraulichen Atmosphäre, zu der er selbst beitrug, mitten in vertrauter Umgebung, der nichts Fremdes anhaftete, und an diesem Tisch, den er selbst gedeckt hatte?

Er rief sich andere Begebenheiten in Erinnerung, die dazu geeignet sein sollten, vor ihm selbst Gnade zu finden und ihn vom Gefühl der Sünde zu befreien.

Fikri Bey kam ihm vage in Erinnerung, mit seinen hängenden Schultern und den kurz geschnittenen grauen Haaren. Der Fikri Bey, der jeden Abend seinen Raki trank. Er bewohnte ein zweistöckiges Holzhaus, das vor dem unbebauten Grundstück stand, auf dem die Kinder Fußball spielten. An ruhigen Sommertagen, wenn die Sonne hinter den Zypressen untertauchte und die abendliche Kühle herabsank, setzte Fikri Bey sich an den kleinen Tisch auf den Balkon, mit zwei Tellern Vorspeise, und begann dann zu trinken, allein. Vor ihm standen stets zwei Gläser, bis zur Hälfte mit Raki gefüllt. Das eine Glas füllte er mit Wasser auf. In das andere warf er Maiskerne. Er war mitten unter den Pelargonien, dem Basilikum und den Geranien das einzige Lebewesen, das traurig aussah. Wenn er die Raki-Flasche halb geleert hatte und ihm langsam warm wurde, warf er die im Raki aufgesprungenen Maiskerne den Tauben zu. Da ihre Flügel erlahmten, konnten sie nicht mehr fliegen und hüpften so, gierig die Kerne verschlingend, nur immer hin und her. Fikri Bey fand Spaß daran, sie in ihrer Trunkenheit zu beobachten, ihm gefiel das Schauspiel – es war sogar sein größtes Vergnügen. Ab und zu stimmte er ein Lied an. Fikri Beys Melancholie erregte in der tristen Atmosphäre des Viertels keinerlei Anstoß, dennoch bot er den Frauen an den Türen, in den kühlen, vom lieblichen Gelächter erfüllten Korridoren immer wieder neuen Gesprächsstoff, wenn er sich mit den betrunkenen Tauben amüsierte.

Als er den Raki aus dem Kühlfach holte und sein Glas füllte, schauderte ihn. Er betrachtete das beschlagene Glas wie das Bild einer verflossenen Geliebten.

Nichts sollte fehlen, das war sein Wunsch. Bevor er den ersten Schluck nahm, gab er seinem Drang nach, stand auf und schaltete den Kassettenrecorder ein.

»Du hast mich für einen Kuß geopfert«, erscholl die leidenschaftliche Stimme der Sängerin, die die ganze Wohnung erfüllte. Jetzt drang das Schluchzen der Frau aus allen Ecken. Tränen traten ihm in die Augen.

Er räumte den Tisch ab, steckte das vorbereitete Essen in den Mülleimer und schüttete den Raki im Glas und in der Flasche bis auf den letzten Tropfen in den Abguß. Dann verließ er die Wohnung und ging in eine Kneipe.

Er hatte die Traurigkeit so erlebt, wie er sie sich in seiner Vorstellung ausgedacht hatte.

Bitte Nix Polizei

Brigitte bezahlte ihre Cola, und als Frank ihr die Bacardiflasche hinhielt und sagte, »Komm, trink noch 'n Schluck, ist eiskalt draußen«, schüttelte sie nur den Kopf und ging. Sie war wütend und verunsichert, hätte gern mit Achim geredet über den gestrigen Abend und warum sie so früh hatte nach Hause gehen wollen, hätte erklären und sich dabei an Achim anlehnen wollen. Sie wollte, daß er da war, aber zugleich hatte sie das Gefühl, daß sich ihre Vorstellung von ihm veränderte und verschwamm, nur die Tätowierung auf seinem Arm blieb klar und deutlich. Das Haus, in dem er wohnte, verschwamm und die Straßen, durch die sie ging. Alles wurde undeutlich und veränderte sich, die Gesichter, die Geräusche und die Konturen veränderten sich, die Auslagen des Gemüseladens, die Zwiebelnetze, Knoblauchzöpfe, Nüsse, Mandarinen, Bananen und Äpfel kamen ihr vor wie Dinge, deren Namen sie nicht kannte, und manchmal dachte sie, alles sei vielleicht nur geträumt oder ein Spiel oder ein Film. Und wie im Film ging sie auf den Mann zu, der vor dem Fenster vom Schultheiß-Eck stand und durch die angelaufene Scheibe in die Gastwirtschaft zu schauen versuchte.

»Gib mir eine Zigarette.«

Der Mann zuckte zusammen und drehte sich um.

Brigitte wiederholte ihre Frage. »Hast du eine Zigarette für mich?« Ali Itir wußte nicht, wie ihm geschah. Er hatte zwar von aufregenden Begegnungen mit Frauen und unglaublichen Kneipenbekanntschaften gehört, aber das hatte er noch nie erlebt. Er wagte nicht, der Frau ins Gesicht zu sehen, und kramte umständlich in den Manteltaschen. »Ja, Zigarette, ja.«

Mit einem Schwung der Riesenschaukel war Ali Itir vor dem Standesamt in Beşiktaş, Fotos wurden gemacht, und der Bräutigam im dunklen Anzug, der den Arm um die verschleierte Braut legte, war er selbst; ein Schwung, und er stand als Obdachsuchender vor dem breitarschigen Sultan und Ibrahim, diesem Esel; ein Schwung, die Schaukel riß ihn fort, und er war Arbeiter in einer Fabrik und stapelte Ersatzteile; ein Schwung, und er stand vor einer Frau und alles drehte sich vor Aufregung. Ali, alter Junge, heute ist ein besonderer Tag, das Glück kreuzt laufend deinen Weg. Ob sie wohl mitkommt, wenn ich sie zu einem Bier einlade? Halim, der Schwätzer, sagt, in Deutschland muß man die Frauen erst einmal zum Bier oder zu einem Asbach-Cola einladen. Wir könnten in Bücürs Kneipe, da kenn ich mich aus. Los Ali, du hast Geld in der Tasche und für morgen sogar Arbeit, mach schon, du kannst dich nicht blamieren. Verflucht, wie heißt das auf Deutsch? Ob man »zusammen Bier« sagt? Das versteht sie bestimmt.

Unbeholfen zog er die Zigarettenschachtel aus der Manteltasche. Feuer braucht sie natürlich auch. Streichhölzer, nein, Feuerzeug ist besser, aber in welcher Tasche hab ich's. Teufel auch, Moment, ich muß den Mantel aufknöpfen, es muß in der Hosentasche sein.

Brigitte stand dicht vor Ali und versuchte, die Zigarette anzuzünden, aber der Wind blies die Flamme sofort aus, obwohl Ali seine Hände schützend über das Feuerzeug hielt.

»Scheiße! Und naß geworden ist sie auch.« Wütend warf Brigitte die Zigarette auf die Straße.

Ali schwirrten alle deutschen Wörter im Kopf herum, die er kannte, aber er konnte kein einziges festhalten.

»Scheißwetter, wa?«

»Nix Scheiß, nix Scheiß.« Wenn ich doch nur ein paar Wörter hätte, so wie dieser Student. Rede, du Hurensohn, rede! Auf einmal war dieser Unteroffizier aus der Rekrutenzeit wieder da und verteilte Ohrfeigen. Sie hatten exerziert und rasteten, und wer pissen mußte, ging in die Büsche hinter dem Exerzierplatz. Auch Ali ging pissen und sah, daß im Gebüsch einige Soldaten eine Eselstute festhielten und einer sich abmühte, das Tier zu ficken. Er stöhnte wie von Sinnen: »Ja, so ist's gut, beweg dich! Beweg dich, schönes Mädchen!«, und die anderen, schon Wochen und Monate eingeschlossen in der Kaserne und ohne Frauen, hatten sich in einer Reihe aufgestellt, traten ungeduldig von einem Bein aufs andere und feuerten ihren Kameraden an, schneller zu machen. Als Ali dazukam, konnte er der Versuchung nicht widerstehen und stellte sich in die Schlange. Er hatte Pech und wurde erwischt. Wer konnte, rannte davon, die anderen wurden von diesem Unteroffizier mit den zwei Winkeln am Ärmel geschnappt. Sag die Wahrheit, du Hurensohn, hast du's getan oder nicht? Eine Ohrfeige folgte der anderen, aber Ali schwieg, kein Wort kam über seine Lippen, damals.

»Schön Frau du, komm Asbach-Cola trinken.« Ali fühlte sich erleichtert. Ein Satz wie von dem Studenten.

»Hast du kein Zimmer? Gehen wir lieber zu dir, aber zwanzig Mark, okay?« Beinahe hätte Ali »Ich wohne bei Sultan und Ibrahim und die haben heute Nachtschicht« gesagt, aber er bekam die Wörter nicht zusammen und nickte nur mit dem Kopf.

Über das herausgebrochene Mittelstück der Haustür in der Admiralstraße einundzwanzig war eine Duralitplatte genagelt. Das Haus war heruntergekommen, wie alle Häuser in der Straße, und die ersten hatte man bereits abgerissen. Im Durchgang zum Hinterhof roch es nach Urin und überall bröckelte der Putz von den Wänden. Ali drückte auf den Schalter für die Treppenbeleuchtung. Auf einer eisernen Tür stand auf einem verrosteten Blechschild *Zur Tischlerei.* Im Treppenhaus platzten die Paneele herunter und der Linoleumbelag der Stufen war durchgetreten. Brigitte hatte wieder dieses Filmgefühl, und halb neugierig, halb angeekelt stieg sie hinter Ali die Treppen hinauf. Ali schloß die Wohnungstür auf und blieb unschlüssig stehen: Geht der Mann zuerst hinein oder muß er der Dame den Vortritt lassen? Ob sie einen Rückzieher macht? Ali klopfte das Herz bis zum Hals, und um die prekäre Situation zu retten, ging er schließlich vor und durch den langen schlauchartigen Flur in die kleine Küche, in der auch seine Schlafkoje stand. Es roch nach Zwiebeln, gebratenem Fett und nasser Wäsche, die auf einer quer durch den Raum gespannten Leine zum Trocknen hing.

Brigitte fand den Raum, die Wohnung, die Gerüche abstoßend, und wie Ali stand sie da, hilflos und wie eingesperrt.

Ali spürte, daß er jetzt etwas sagen, etwas tun mußte, und als er sah, daß Brigitte unwillig die Stirn runzelte, ging er in das Zimmer von Sultan und Ibrahim, machte Licht und bat Brigitte herein.

»Bier trinken? Oh, nix Bier, Tee trinken?«

Brigitte reagierte nicht. Also, wenn schon, dann möglichst schnell. Wenn er doch endlich anfangen würde. Komm zur Sache, Junge, ich will weg hier.

Sie sah sich im Zimmer um. Auf dem Bett neben dem weißen Kachelofen lag eine große Plastikpuppe im Brautkleid. Die Augen der Puppe waren geschlossen. Vor dem Fenster stand ein alter Vitrinenschrank, vollgestopft mit Nippes und kleinen Mokkatassen mit Goldrand, dazwischen eine Geschenkpackung Kölnisch Wasser, ein Tischfeuerzeug, einige Fotos und ein Bierseidel mit dem Bild des Berliner Bären. Fast in der Mitte des Raumes standen ein alter Küchentisch und vier Stühle, und da es keinen Schrank gab, hingen Anzüge und Kleider in Zeitungspapier eingewickelt an großen Nägeln an der Wand.

Ali fragte noch einmal »Nix Bier trinken?«, aber Brigitte antwortete nicht, ging zum Bett und zog sich hastig aus. Die Kleidungsstücke warf sie auf den Boden und sah herausfordernd zu Ali hinüber. Ali hatte wieder die Riesenschaukel im Kopf, aber sie schwang so schnell, daß sich alles drehte, nur der Gedanke, daß es gut wäre, wenn das Mädchen jetzt einen Rückzieher machte und ging, blieb und machte sich breit. Er bemühte sich, die Nacktheit des Mädchens zu übersehen, konnte sich einen heimlichen Blick jedoch nicht verkneifen. Weil ihm die Situation peinlich war, zog er seinen Mantel aus, bückte sich, machte langsam seine Schnürsenkel auf und zog die Schuhe aus. Er schämte sich, weil er nasse, durchlöcherte Socken anhatte, aus denen die großen Zehen herausschauten, und wie um diese Schande zuzudecken, hockte er, den Rücken Brigitte zugekehrt, am Boden, nahm dann plötzlich Mantel und Schuhe und flüchtete in die Küche. Einen Augenblick überlegte er, setzte sich dann auf sein Bett, zog die zerlöcherten Socken aus und die neuen an und ging zurück ins Zimmer. Brigitte stand vor dem Bett, und als Ali sie so sah in ihrer Nacktheit, mit den festen Brüsten, den hellen Schamhaaren, stürzte er sich auf sie, packte sie bei den Schultern und drückte sie auf das Bett.

Brigitte, völlig überrascht, geriet in Panik. Schreien, sich losreißen, raus hier. Ali erstickte sie fast, sie bekam kaum Luft unter seinem Griff und kam nicht an gegen den schweren Mann. Ali nestelte hastig seine Hose auf und versuchte, mit seinem aufgerichteten Glied in sie einzudringen, aber sie drückte wie im Krampf die Schenkel zusammen und ließ Alis ungelenke Zärtlichkeit und Reiben seines Gliedes an ihrem Schoß stumm über sich ergehen, und als er keuchend kam und ihr auf den Bauch spritzte, atmete sie fast auf. Reglos und immer noch halb auf ihr lag er dann da, und sie versuchte, sich unter ihm wegzudrehen.

»Nix fertig, nix Geld geben, nix fertig.« Alis Stimme klang fast flehend.

Wieder diese Panik, die sich ausbreitete wie ein Sog, der alles mit sich riß, bloß weg hier, weg von diesem Bett, weg von dieser Puppe im Brautkleid, weg von dem Geruch nach gebratenem Fett, Zwiebeln und nasser Wäsche, und vor allem weg von diesem Mann, dessen Namen sie nicht kannte und der ihr immer unheimlicher wurde.

»Nix fertig, nix gehen, schön Frau.«

Ali versuchte, ihr Gesicht zu streicheln, aber sie wehrte ab und schrie, »Hilfe, Polizei!«, und wie im Reflex hielt Ali ihr Mund und Nase zu, daß ihr die Luft wegblieb.

»Nix bagirma! Nix Polis, bitte!« Ali weinte fast und bettelte und flehte wie ein Kind.

Brigitte drehte sich erschrocken und fast besänftigt zur Seite und Ali lag ruhig atmend neben ihr und starrte an die Decke. Es war ganz still im Zimmer und Brigitte dachte, daß er vielleicht einschlafen würde.

Bis er sich plötzlich auf sie warf und ganz mit seinem Körper zudeckte und ihre Beine auseinanderzudrücken versuchte.

Später wußte sie nur noch, daß sie, immer zwei Stufen nehmend, die Treppe hinuntergerast war und dabei versucht hatte, in den Mantel zu kommen.

Manege

[...] Sie liefen weiter. Besser gesagt: Sie zogen und schleiften Bekir Uçal mit sich. In einem großen Saal saßen dicht an dicht Menschen. Bekannte Gesichter. Frauen beim Klatsch, kreischende Kinder, die überall spielten, hopsten, zu Boden fielen und weinten.

Vorne war eine Bühne aufgebaut. Es wurde ein Spiel mit Ahmet und Memet – eben erst in Deutschland angekommen –, mit Hasan und Hüseyin – schon längere Zeit in Deutschland lebend – und einem deutschen Meister gezeigt. Als sich der Vorhang öffnete, sah man Hasan und Hüseyin, die stets die gleichen, monotonen, seltsamen Bewegungen wiederholten. Sie fuchtelten ruckartig, in einem ständigen Hin und Her, mit Händen und Füßen durch die Luft. Offensichtlich stellten sie Arbeiter an einem Fließband dar.

Inzwischen betraten Ahmet und Memet mit ihren Holzkoffern in der Hand staunend die Bühne:

Ahmet: Jetzt sind wir also da.

Memet: Schau an, da sind ja auch Hasan und Hüseyin.

Ahmet: Wirklich, sie sind es.

Memet: Sie haben einen kleinen Dachschaden. Mensch, sieh sie dir mal an.
Was machen die da? Als ob sie von der Malaria befallen wären.

Ahmet: Was weiß ich ... Nehmen wir an, sie tanzen. Vielleicht ist es hier üblich,
daß man zum Tanzen geht, wenn man frei hat.

Memet: Das kann ich nicht verstehen. Gehen wir doch einmal zu ihnen und fragen sie.

Voll Neugier und Mitgefühl nähern sie sich.

Ahmet: Oh, hallo Hasan und Hüseyin. Was gibt es Neues?

Hasan und Hüseyin setzen ihre immer gleichen Bewegung bis zum Ende des Stücks fort.

Hasan: Scheiße, nichts als Scheiße!
Hüseyin: Scheiße, nichts als Scheiße!
Memet: Oha, schau einer mal an, Mannomann!
Ahmet: Was macht ihr da, Mensch?
Empfängt man seine Freunde,
die man schon vierzig Jahre kennt,
etwa auf diese Weise?
Man bleibt stehen und
heißt sie willkommen,
fragt nach ihrem Befinden
und ob sie Kaffee
oder etwas anderes trinken wollen,
denn wir haben
einen langen Weg hinter uns,
Flüsse, Berge und Täler überwunden.
Hasan: Hier ist Deutschland!
Ahmet: Ich weiß.
Auch wir sind ja
hierhergekommen.
Memet: Was ist mit euch los?
Was macht ihr da?
Hasan: Hier ist Deutschland!
Hüseyin: Wir arbeiten.
Hasan: Seht ihr das nicht?
Hüseyin: Hier arbeitet man ...
immer.

Memet und Ahmet zeigen einen verblüfften Gesichtsausdruck.

Memet: Das hab' ich nicht verstanden.
Ahmet: Was ist das für eine Arbeit?
Hüseyin: Ich sagte ja, wir arbeiten.

Hasan: Hier ist Deutschland.
Hier arbeitet man immer.
Ohne dabei
verschnaufen zu dürfen
damit der Akkord erreicht wird.
Memet: Seid ihr verrückt geworden, Mensch?
Kennen wir vielleicht keine Arbeit?
Bleibt doch einmal stehen und
verschnauft etwas,
lasst uns ein paar Worte wechseln.
Hüseyin: Ich sagte ja, wir arbeiten.
Versteht ihr das nicht?
Hasan: Haltet uns nicht auf!
Hüseyin: Sonst sagt der Meister: »Hau ab!«
Hasan: Nun lasst uns nicht so viel reden.
Arbeiten wir lieber weiter.
Hüseyin: Der Meister kommt.
Hasan: Los, arbeiten wir,
lasst uns nicht so viel reden.
Der Meister tritt auf.
Meister: Seid ihr die Neuankömmlinge?
Stellt euch sofort
an diese Maschine hier
und beginnt mit der Arbeit.
Reden ist verboten!
Herumschauen ist verboten!
Sich kratzen ist verboten!
In der Nase bohren ist verboten!
Pinkeln gehen ist verboten!
Sonst heißt es: »Hau ab!«
Los, ran an die Arbeit!

Auch Ahmet und Memet stellen sich an eine imaginäre Maschine. Ungeschickt versuchen sie, Hasans und Hüseyins Bewegungen nachzuahmen.

Meister: So geht's nicht, so geht's nicht!
Noch schneller, noch flinker.
Noch schneller, noch flinker ...

Ahmet und Memet machen disharmonische, komische Bewegungen.

Meister: So geht's nicht, so geht's nicht!

Den beiden rinnt der Schweiß von der Stirn.

Ahmet: Mensch, ist das aber schwer,
Arbeiter zu sein!

Hasan: Wie habt ihr euch das denn gedacht?

Memet: Wir haben gemeint,
wenn im Paß
»Arbeiter« steht,
so wird der Mensch zum Arbeiter.

Meister: Noch schneller, noch flinker.
Noch schneller, noch flinker ...

Ahmet: Wir haben gemeint,
daß alle Arbeit in Deutschland
von Maschinen erledigt wird
und die Menschen nur
auf Knöpfe drücken.

Meister: Noch schneller, noch flinker.
Noch schneller, noch flinker ...

Memet: Arbeiter zu sein heißt hier:
Noch schneller, noch flinker.
Noch schneller, noch flinker.
Verstehst du,
in unserer Sprache heißt das
»ägyptischer Esel«.
Der Kerl stellt die Maschine an,

	und du mußt hinterherrennen,
	falls du sie einholen kannst ...
Meister:	Ich mag kein Geschwätz.
	Ich mag keine Respektlosigkeit.
	Noch schneller, noch flinker.
Memet:	Nun wird er wieder
	wütend wie ein Truthahn.
Meister:	Noch schneller, noch flinker.
	Noch schneller, noch flinker ...

Eine Weile arbeiten sie. Plötzlich unterbricht Ahmet die Stille.

Ahmet:	Was machen wir bloß, um Gottes willen?
	Ich halte das nicht mehr aus!
Meister:	Noch schneller, noch flinker.
	Noch schneller, noch flinker ...
Ahmet:	Was stellen wir eigentlich her?
Hüseyin:	Wir produzieren Plastikröhren.
	Schaut, wenn man auf diesen Knopf drückt,
	fließt die flüssige Plastikmasse
	in diese Form hinein.
	Dann zieht man den Hebel,

Seine Bewegungen gleichen einem Film in Zeitlupe.

	und die geschmolzene Masse wird zusammengepresst.
	Man wartet fünf Sekunden,
	und wenn man diesen Knopf bedient,
	so wir durch die heiße Luft
	das geschmolzene Plastik fest hineingedrückt.
Hasan:	Und dieser Knopf da
	betätigt das automatische Messer,
	es schneidet das zusammengedrückte
	Plastikrohr in der gewünschten Länge ab ...
Hüseyin:	Dann trittst du auf diese Pedale,
	eine, zwei, drei Sekunden lang,

und tschnnnnn –
ist das Plastikrohr fertig.

Hasan: Dann hältst du es an einem Ende fest,
ziehst es heraus,
legst es auf das Fließband,
und damit ist deine Arbeit zu Ende.

Ahmet: Ich sehe aber kein Rohr
oder etwas Ähnliches

Meister: Noch schneller, noch flinker.
Reden ist verboten.
In der Nase bohren ist verboten!
Noch schneller, noch flinker.
So passen wir die Produktion
der Nachfrage an.

Hüseyin: Mit dem Fließband
werden die Plastikrohre
ins Lager befördert,
von dort zur Verpackung,
von der Verpackung zum Vertrieb;
dort wird der Verkauf geregelt
und die Ware zum Export freigegeben.

Hasan: Den weiteren Verlauf kennst du ja,
unsere Importeure
führen die Plastikrohre,
die wir hergestellt haben, ein
mit den Devisen, die wir
nach Hause schicken,
und stoßen sich daran gesund.

Ahmet: Mensch, das nennt man …
Was du meinst, aber …

Wieder tritt der Meister dazwischen.

Meister: Noch schneller, noch flinker …

Ahmet:	Ich bin müde geworden.
Meister:	Zeit zu verplempern ist verboten.
Memet:	Ich muß pinkeln gehen.
Meister:	Pinkeln gehen ist verboten. Noch schneller, noch flinker, um das deutsche Wunder fortzusetzen …
Memet:	Mir tun alle Knochen weh, ich bin ganz erschlagen. Ich kann nicht mehr.
Meister:	Noch schneller, noch flinker …
Ahmet:	Mein Freund, ob du »Hau ab« sagst oder sonst etwas, was du auch immer sagst, ich mache hier nicht mehr mit.

Gerade in diesem Augenblick läutet es.

Hüseyin:	Es ist sowieso aus. Es läutet Feierabend.

Er reckt und streckt sich, macht noch an Ort und Stelle einige Übungen zur Entspannung.

Hasan:	Wie schnell doch die Zeit vergeht! Nun los, gehen wir!

Der Vorhang fiel. Im Saal brach tosender Applaus aus, Pfiffe, Gelächter und Bravorufe waren zu hören. Die Kinder, die natürlich nichts verstanden hatten, gaben sich damit zufrieden, es den Erwachsenen gleichzutun. Ihre Lachsalven, ihre ernsten Gesichter, auf denen Zustimmung zu lesen war, all die Reaktionen der Erwachsenen ahmten sie zuverlässig nach und nützten diese Gelegenheit, in Scharen vor die Bühne zu rennen, in die Hände zu klatschen und Freudensprünge zu vollführen. Auch Bekir Uçal war in Hochstimmung, die Tränen rollten ihm aus den Augen vor lauter Lachen. Ein Mann mit einem Tablett voller Teegläser lief zwischen den Bänken hindurch: »Tee gefällig, ein Tee wie Hasenblut?« Hände streckten sich ihm entgegen, und manchmal kam es vor, daß sich zwei an demselben Glas trafen. Der Teeverkäufer hielt jedem eine Sparbüchse hin: »Hilfe für die Solidarität mit den Arbeitern. Spenden Sie, so viel Sie entbehren können ...« Wie freigebig sie alle waren ...

[...]

Man forderte ihn nicht lange zum Bleiben auf und zeigte Verständnis. »Also, tschüss dann.«

»Tschüss!«

»Gute Reise!«

Als er im vierten Stock aus dem Aufzug stieg, lief ein winziger Kakerlak in großer Eile über das frisch gebohnerte Parkett. Er hielt plötzlich inne, machte sich klein und versuchte, so der Gefahr zu entgehen. Bekir Uçals erste Reaktion war, ihn zu zertreten, was ihm aber nicht gelang, so daß er ihn schließlich mit der Fußspitze davonstieß. Der Käfer rollte einen Meter über den Boden und verschwand in einer Ritze.

Bekir Uçal öffnete seine Wohnungstür und trat ein. Seine Unentschlossenheit währte nicht lange. Er setzte sich und öffnete das Paket.

Die elektrische Modelleisenbahn aufzubauen, war gar nicht so einfach. Zuerst machte er sich Platz, indem er den niedrigen Tisch und die zwei Sessel zur Seite schob. Die Beschreibungen und detaillierten Anleitungen, die in der Schachtel steckten, las er mehrmals aufmerksam von A bis Z durch. Er bemühte sich sehr, das auszuführen, was da stand, mußte aber bei der Wahl der Schienenlänge und der Weichen einen Fehler gemacht haben, denn sie paßten nicht richtig zusammen. Er zerlegte sie wieder und versuchte es erneut. Er hatte sich nicht mit der normalen Ausstattung begnügt, sondern zusätzliche Schienen, Weichen, Tunnels, Signale und Brücken gekauft. Schließlich schaffte er es doch. Ein riesiges Eisenbahnnetz zog sich durch das ganze Zimmer. Abgesehen von dem elliptischen Hauptgleis gab es Nebengleise, Signalmasten, Bahnhöfe, Rangiergleise, Warte-, Wendegleise und Eisenbahnwerkstätten. Dann montierte er noch die Transformatoren dort an, wo sie hingehörten, und stellte die Diesellokomotive mit den Personenwagen dahinter behutsam vor den Hauptbahnhof.

Es war gegen 22.00 Uhr. Sein Blick fiel auf die Vitrine, die, wenn man zur Tür hereinkam, gleich links an der Wand stand. Sie steckte voller Erinnerungen: getrocknete Rosen, Bierdeckel, leere Flaschen, Münzen, Kieselsteine, Postkarten, Schlüsseletuis, Amulette, Maskottchen, ein Spiegel, ein Taschenmesser, ein Kamm, Briefe mit längst vergilbten Umschlägen, eine Sonnenbrille, eine Kokosnuß, eine Puderdose, Streichholzschachteln, Blechspielzeug, ein Hufeisen und Fotos über Fotos.

Er zündete ein Sandelholzstäbchen an und schob eine Kassette in den Kassettenrecorder, die er aufs Geratewohl mit einer Rundfunksendung aus dem türkischen Programm des SFB bespielt hatte. Parampam-pam ... In all ihrer Ausgelassenheit erklang diese populäre spanische Melodie, begleitet von Gitarren und Kastagnetten. Er schenkte sich Brandy der Marke Gran Duque d'Alba ein, die er sehr schätzte. Nichts sollte fehlen.

»Bitte einsteigen, Türen schließen!«

Ein Pfeifen.

Vorsichtig drehte er den Schalter am Transformator. Der Zug fuhr ab. Er mußte über Ludwigsstadt, Fürth und Nürnberg und genau in 9 Stunden und 26 Minuten im Münchner Hauptbahnhof eintreffen. Von dort aus nichts wie weiter: über Belgrad, Sofia, Saloniki nach İstanbul-Sirkeci. Insgesamt würde die Reise 43 Stunden dauern. Im zweiten Wagen hinter der Lokomotive saßen Bekir und Gönül, nein, sie saßen nicht, sie standen vor dem Fenster. Obwohl inzwischen fast dreißig Jahre verstrichen waren, hatte sich Gönül nicht verändert. Bekir lächelte. Erlebte er jetzt das Ende oder den Beginn?

Berlin ist eine Stadt. Paris ist auch eine Stadt. Berlin und Paris sind Städte. Deutschland ist ein Land. Frankreich ist auch ein Land. Deutschland und Frankreich sind Länder. Amerika ist ein Kontinent. Australien ist auch ein Kontinent. Amerika und Australien sind Kontinente.

Übung 1: Wo liegt Berlin? Liegt Berlin in Deutschland?

Die erste Deutschstunde.

Es war in den ersten Monaten nach seiner Ankunft. Tag und Nacht hatte er geweint und wollte wieder zurück. Dann lernte er am 1. Mai 1960 im Lietzenseepark Gisela kennen. Was sie damals miteinander geredet hatten, wußte er nicht mehr. Er erinnerte sich aber noch, daß er sie an Abenden, an denen sie sich trafen, mit der letzten Straßenbahn nach Spandau brachte und dann auf die erste Straßenbahn wartete, die zurückfuhr. Er arbeitete damals bei Siemens für einen Monatslohn von 225 Mark. 75 Mark kostete das Zimmer zur Untermiete.

Als er Hanna kennenlernte, die sagte, sie sei Opernsängerin, konnte er inzwischen ein paar Sätze Deutsch sprechen.

Edith verabredete sich mit ihm, ließ aber auf sich warten und erschien nicht. Dann nach einer Weile tauchte sie plötzlich in einem unerwarteten Augenblick auf, so als sei nichts geschehen.

Der Zug fuhr langsam am Bahnhof Zoo vorbei und zog hinter dem Bilka-Kaufhaus eine große Schleife. Gegenüber das Theater des Westens: die grellen Plakate mit Szenen aus der Westside Story.

Inge. Mit ihr hatte er am längsten zusammengelebt. Von 1962 bis 1973.

Sie fuhren über den Savignyplatz. Die Scheinwerfer der Autos, die in der Kantstraße zu beiden Seiten vorbeifluteten, bildeten eine unendlich lange Lichterschlange. Gleich unter der Eisenbahnbrücke rechts die

Pension »Sofia«, in deren Tür zwei Dirnen standen, ein Stück weiter die »Schumann-Bar«. Am Beginn der Carmerstraße lag die Kneipe »Dicke Wirtin«, über deren Tür die Neonschrift »Berliner Kindl« prangte, ihr gegenüber das Bistro »Cour Carée«. Danach die Grolmannstraße, an der Ecke der »Zwiebelfisch«.

Der Kopf brummte ihm. Ein Erlebnis, das er schon längst vergessen hatte, ein Stück aus seinem Leben, ein Gesicht, das immer wieder vor ihm auftauchte und nicht mehr verschwand. Nach Jahren war er Michael vor dem Zwiebelfisch begegnet. Von Juli 1962 bis Oktober 1964 hatten Michael, dessen Schwester Veronika, die Ballerina Monika, der Medizinstudent Hartmut, sein Neffe İsmet, Rudi Dutschke und er in einer Wohngemeinschaft in Friedenau gleich in der Nähe der S-Bahn-Haltestelle Wilmersdorf gewohnt.

Er erinnerte sich an diese Zeit, als wäre sie gestern erst zu Ende gegangen:

»Rudi arbeitete unablässig. Selbst wenn ich spätnachts an seinem Zimmer vorbeikam, brannte noch Licht. Manchmal breitete er Fotokopien aus alten Büchern, die er in Bibliotheken aufgestöbert hatte, überall in der Wohnung aus. Zuweilen ertappte ich ihn in der Küche, wenn er gerade eine Knorr-Suppe aufkochte.

›Diese bürgerliche Ordnung muß zu euren Gunsten, zugunsten der Werktätigen verändert werden, Bekir‹, sagte er. Dann umarmten wir uns.

Als ich aus der Türkei kam, hatte ich eine Lederjacke mitgebracht, die ich aber nur selten trug. Eines Tages sagte Rudi: ›Verkauf sie mir!‹

›Nimm sie einfach, sie gehört dir.‹

Das wollte er jedoch nicht annehmen und bestand darauf, zu bezahlen.

›Gib mir, was du willst‹, sagte ich schließlich, um dieses Gespräch zu beenden.

Er überlegte und fragte: ›Sie kostet schätzungsweise 60 Mark, nimmst du das Geld?‹

›Gib mir die Hälfte‹, erwiderte ich. Er bestand jedoch auf 60 Mark. Schließlich zahlte er 30 Mark an und wollte den Rest in Monatsraten zu 10 Mark abzahlen.

Im Oktober 1964, also zehn Tage danach, kündigte uns der Wohnungsinhaber. Als wir die Wohnung verließen, waren erst 30 Mark für die Jacke bezahlt. Lange Zeit verloren wir uns aus den Augen, aber 1967 begegneten wir uns wieder. Schon von weitem hatte er mich erkannt, lief voll Freude auf mich zu und umarmte mich. Er trug meine Jacke, was meinst du, was er tat, als wir uns trennten? Er zog 30 Mark heraus, reichte sie mir und sagte: ›Das schulde ich dir noch. Inzwischen ist ja schon viel Zeit verstrichen, entschuldige.‹

Ich wehrte ab: ›Laß das, Rudi, 30 Mark sind doch nicht der Rede wert!‹

Er meinte jedoch wieder mit der gleichen Offenheit: ›Schulden sind Schulden, wie viel Zeit auch vergangen sein mag, sie müssen zurückbezahlt werden!‹

Damals war er der bekannteste Studentenführer, und jeder kannte ihn. Einen Tag, bevor er niedergeschossen wurde, begegneten wir uns in der Parisbar. Er war deprimiert, und ich entdeckte in seinen Augen sogar eine Spur von Angst. Er hatte vor, zu einem Professor nach Amerika zu gehen. Neben ihm saß ein Korrespondent vom Spiegel.

Am nächsten Tag erfuhr ich im Café Steinplatz, daß man ihn niedergeschossen hatte. Eine große Menschenmenge strömte zu einer Protestdemonstration zusammen, und auch ich marschierte mit. Dann hörte ich, daß er im Westend-Krankenhaus lag, kaufte einen Blumenstrauß und ging hin. Man ließ mich natürlich nicht hinein. Auf eine Karte schrieb ich ›Gute Besserung‹ und hinterließ sie zusammen mit den Blumen beim Pförtner, der sie ihm bringen wollte.«

Wen hatte er nicht alles im Zwiebelfisch kennengelernt, mit wie vielen hatte er über einem Bier gesessen? Nun zogen alle der Reihe nach an ihm vorüber: K. P., Johannes, Natascha, der Filmemacher Ulf, du meine Güte, die Namen fallen mir nicht mehr alle ein, Theobaldi, mit dem schmalen Gesicht, der Dichter und Freund von Aras, außerdem Aras selbst. Er war bestimmt wieder dort, legte seinen Schnurrbart auf den Bierschaum und schimpfte auf die, die von Deutschland aus die Türkei verändern wollen: »Ihr wollt von hier aus die Türkei verändern, ihr falschen Jungtürken, aber merkt ihr nicht, wie wir als Gastarbeiter schon dabei sind, ganz Europa zu verändern? Das scheint ihr nicht verstanden zu haben …«

Ein Wort, eine Schrift, so viele Illusionen …

Phantasiebilder zogen vorüber. Hinter uns die schmale Straße am Savignyplatz, wo abends Haschisch verkauft wird, die Kneipe S-Bahn-Quelle, in der sich die Schwulen treffen, daneben die Secondhand-Boutique, die sich auf den Verkauf von Imprimékleidern spezialisiert hat, danach ein Pizzaimbiß …

Der Zug beschleunigte seine Fahrt, fuhr am Tatvla an der Ecke Schlüterstraße/Mommsenstraße und am Borroquito in der Wielandstraße vorbei. Jetzt überquerten sie die Leibnizstraße. Hier, in dem Haus mit der Nummer 43, wohnte Bekir Uçal.

Er öffnete ein wenig das Fenster und winkte schwach, als wollte er verhindern, daß sich sein Phantasiebild in diesem feinen Dunst verflüchtigte. Dann lehnte er sich hinaus und verharrte in dieser Stellung, bis die Straße in der Dunkelheit versank …

Die spanische Melodie auf der Kassette war zu Ende, und danach begann Ruhi Su, mit seiner dunklen Stimme Gebetshymnen von Yunus zu singen.

Bekir wird sicher bald einschlafen, aufwachen, der Zug wird fahren, er wird wieder schlafen, und wenn er dann aufwacht, werden sie in İstanbul sein. Zusammen mit Gönül wird er nach Saraçhanebaşı gehen und die alte Akaziengasse suchen, aber sie werden sie nicht finden. Dann werden sie in seinen Geburtsort, nach Kuyucak, fahren und auf die allerhöchste Spitze des Karadağ steigen. Gönül wird ständig ihr Gesicht verändern: Einmal wird sie Gisela, dann Hanna, dann wieder Edith sein … Sie werden sich glücklich lächelnd umarmen, und zu ihren Füßen wird sich unter einem sternübersäten Himmel der Menderes schlängeln.

Eine verspätete Abrechnung oder: Der Aufstieg der Gündoğdus

»Erst nach einer Weile begriff ich, daß all die seltsamen Gestalten gekommen waren, um mich zu sehen. Mich beunruhigte auch, daß ich keine Gesichter erkennen konnte. Besser gesagt, sie hatten keine Gesichter, obwohl sie lachten, schrien, laut durcheinander sprachen, Witze machten.

Ein Trupp der Bereitschaftspolizei, der aus dem Polizeipräsidium gekommen war, umstellte den Platz, hielt die Zugänge besetzt. Alle schrien durcheinander. Das anfängliche Murren war längst zu einem Dröhnen geworden. Ganz gelassen, in der Manier einer bedeutenden Persönlichkeit, setzte ich eine leere Orangenkiste, die ich in der Hand gehalten hatte, auf den Boden ab und stellte mich selbstsicher darauf. In jenem Moment kam ich mir vor wie eine der Statuen auf dem Platz. Der Aufruhr in der Menge, das Dröhnen, das inzwischen die höchste Lautstärke erreicht hatte, hörte abrupt auf, wie mit dem Messer abgeschnitten. Kein Laut war mehr zu hören ...«

»Und, was hast du gemacht? Hast du irgendetwas gesagt?« fragte mein Gegenüber ungeduldig. Ohne meine Antwort abzuwarten, ergänzte er noch: »Hättest du doch zumindest eine Rede gehalten!«

»Einen Moment lang stand ich nur still da, wartete; dann breitete ich meine Arme aus, als würde ich die ganze Menge grüßen und sprach ein riesiges *A*. Es wurde noch stiller und nach einer Weile war das Echo meiner Stimme zu hören. Mit ganzer Kraft brüllte ich noch einmal: A. Auch dies wurde ein riesiges *A*, das meinen gesamten Mund ausfüllte. Mit solchen Leibeskräften hatte ich es herausgebracht, daß alle, die zuhörten, es so leicht nicht mehr vergessen konnten.«

Er nickte besserwisserisch. »Und dann?« fragte er.

»Dann brach ein ungeheurer Beifall aus. Alle begannen zu rufen: Er lebe hoch! Hurra! Bravo, du großer Türke, sprich!«

Neugierig hörte er zu. Im Unterbewusstsein nahm ich wahr, wie er vor sich hinmurmelte: »Also haben sie gemerkt, daß du Türke bist.« Im Geiste durchlebte ich das Erzählte noch einmal, es war, als redete ich mir alles von der Seele, je mehr ich sprach. Ich ließ mich ziemlich gehen, dabei konnte ich nicht einmal abschätzen, ob er mich wirklich verstand. Die Leute, die vor dem Gemüsehändler gestanden hatten, unterbrachen ihre Einkäufe und hörten mir zu. Aus den Augenwinkeln sah ich, daß auch so mancher Passant stehenblieb und die Ohren spitzte. Das traurige Zwielicht eines zu Ende gehenden Tages wich endgültig einer dunklen, melancholischen Stimmung, die von dem matten Licht nur schwach beleuchtet wurde. Es begann wieder ein wenig zu nieseln. Als wollte er seine gute Erziehung demonstrieren, öffnete ein Zuhörer seinen Regenschirm und hielt ihn über mich, damit ich nicht naß würde. Ich fuhr fort:

»Das meiste von dem, was ich sagen wollte, konnte ich einfach nicht in Worte fassen, und das wenige, was mir einfiel, verknotete sich irgendwie in meinem Hals und blieb stecken. Es kamen also nur allerhand undefinierbare Laute aus meinem Mund, unzusammenhängend, ohne Logik und irgendwie sinnlos; aber dennoch handelte es sich um mehr als primitives Geschrei, da sie von meinen tiefsten Empfindungen ausgelöst wurden. Die Laute flossen zu Lautgruppen zusammen. Ja, auch wenn es nach dem ersten Eindruck zu urteilen ein unsinniger Vorfall zu sein schien, war er für mich doch von großer Bedeutung …«

»Mach weiter, sehr interessant«, sagte er mit wachsender Neugier. Der schlanke junge Mann, der vorhin den Mann, mit dem er sich im Laden gestritten hatte, beruhigt und ihn untergehakt bis zur Ecke geleitet hatte, kam zurück. Als er vor dem Laden die Leute sah, die sich um mich versammelt hatten, hielt er einen Moment inne. Offensichtlich ärgerte er sich darüber, daß die letzten Kunden ihre Einkäufe aufgegeben hatten, um mir zuzuhören. Er versuchte sich etwas aufzuspielen, indem er in die Runde rief: »Was gibt's? Was ist da los?« Sofort legten meine Zuhörer ihre Finger auf den Mund, um ihm anzudeuten, daß er schweigen sollte. Sie hingen mir an den Lippen und wünschten, daß ich weitererzählte. Es war klar, daß ich alle, die mir zuhörten, in einen wirren Gefühlszustand versetzt hatte. Manche stießen tiefe Seufzer aus.

»Ja, wie ich dabei war, solche Laute hervorzubringen, begeisterte sich die Menge und brach in bewundernde Zurufe aus wie: Bravo! Hurra! Hoch soll er leben, der große Türke! Ein Löwentürke! Und mit nicht enden wollenden Begeisterungsstürmen feuerten sie mich weiter an ...«, fuhr ich fort zu erzählen. »Durch die begeisterten, bewundernden Zurufe entdeckte ich, wie an mir eine Seite zum Vorschein kam, die ich bisher nicht bemerkt hatte. Ich wußte, daß Menschen in Ausnahmesituation unerwartete Kräfte entwickeln können, Vorbedingung für die Anpassung an extreme Lebensbedingungen. Aber ich erlebte zum ersten Mal, daß mit diesen Gefühlen auch ein äußerer Wandel einherging.

Zum Beispiel kann in jemandem, der noch nie eine äußerst bedrohliche Situation erlebte, heldenhafter Mut erwachen, ohne daß er sich dieser Veränderung bewußt wird. Jedoch wird ein schmächtig gebauter Mensch aufgrund prahlerischen Heldentums wohl kaum kräftige Muskeln entwickeln. Aber ich begann mich zu verändern, als man Bravo / Hoch soll er leben / Hurra / Großer Türke / Löwentürke rief. Unglaubliche Regungen erwachten. Es dauerte nicht lange, und ich begann mich allmählich selbst als Löwe zu fühlen. Kurz darauf war ich bereits in der Lage, meine Mähne aufzuplustern, den Kopf in den Nacken zu werfen und laut zu brüllen.

Auch hatte ich einen Dompteur mit einer Peitsche in der Tatze, dem von der Schulter ab der rechte Arm fehlte. Wie ich hörte, soll ein Artgenosse, aber keiner, der wie ich erst spät ein Löwe geworden war, sondern ein echter Löwe, eines Tages, nachdem er hartnäckig zu gar nicht löwenmäßigen Kunststücken gedrängt worden war, aufgebraust sein und den gesamten Arm des Mannes abgebissen haben. Da ich erst seit Kurzem Löwe war, benahm ich mich noch recht zahm. Mein Dompteur sagte: ›Sitz!‹, und ich setzte mich. Er hielt mir einen brennenden Reifen vor die Nase. ›Spring durch den Reifen!‹ befahl er, und ich sprang. Wir ernteten stürmischen Beifall. Mein Dompteur eilte mit flinken Bewegungen in die Mitte der Manege und grüßte die Zuschauer mit einer tiefen Verbeugung. Ich, der ich auf einem Hocker saß, beteiligte mich an diesem Gruß, indem ich meine prächtige Mähne schüttelte. Dann jedoch, nach der Vorstellung, sperrte man mich in meinen Eisenkäfig. Dort war ich allein.

Als ein strenger Winter zu Ende war und der Frühling kam, wurde mir alles zu eng. Unruhig lief ich in meinem Käfig, der nur doppelt so lang war wie ich selbst, hin und her. Wenn ich davon genug hatte, streckte ich mich in einer Ecke aus und döste, mit der Welt hadernd, vor mich hin. Auch der Appetit war mir inzwischen vergangen. Ich hatte zu nichts mehr Lust; selbst die abendlichen Vorstellungen erschienen mir wie eine Plackerei. Der Dompteur bemerkte wohl meinen Zustand, denn eines Tages, als ich träge und faul dalag, hörte ich, wie er einen stattlichen Herrn auf mich aufmerksam machte und erklärte, daß ich die Einsamkeit nicht ertrüge und es als Lösung unbedingt notwendig sei, eine Löwenfrau für mich zu finden. Daraufhin brachten sie mir eine Partnerin. Der Eisenkäfig wurde somit noch enger. Obendrein verstanden wir uns nicht gut. Nach einer kurzen Weile war unser Verhältnis gänzlich unerträglich geworden. Am Ende trennten wir uns wieder ...«

Ich wollte noch weiter erzählen, aber mein Gegenüber – mittlerweile wußte ich zwar, woher ich ihn kannte, sein Name fiel mir aber immer noch nicht ein – schnitt mir das Wort ab, indem er sagte: »So war's also!« Er schien recht nachdenklich zu sein und murmelte, den Kopf schüttelnd, vor sich hin: »Das gibt's doch nicht.« Auch die übrigen Zuhörer waren bei meinen Worten erstarrt, als hätten sie Unglaubliches vernommen. Er, also mein Gegenüber, dessen Namen ich immer noch nicht wußte, sagte plötzlich, als hätte er einen Anhaltspunkt erhalten: »Aber sie haben doch bestimmt nicht nur *Löwentürke* gerufen; denk mal nach, sie haben sicher auch noch andere Sachen gesagt.«

Ich überlegte. Sicher, er hatte recht. Natürlich, sie riefen in ihren Ovationen nicht nur *Löwentürke*. Natürlich, jetzt erinnerte ich mich: manche unter ihnen riefen auch *Kümmeltürke*.

»Da waren auch welche, die *Kümmeltürke* riefen«, antwortete ich, ohne zu zögern, und fügte gleich hinzu: »Diejenigen, die *Kümmeltürke* riefen, waren anfangs in der Minderheit. Aber auf einmal paßten sich ihnen die anderen an, klatschten im Takt und begannen aus einer Kehle zu rufen: *Kümmeltürke*, Kümmeltürke ... Keiner konnte widerstehen, bis alle tobten. Jeder schrie nach Leibeskräften, um das Geschrei des anderen zu übertönen: Kümmeltürke, Kümmeltürke ...«

Als ich dies gestanden hatte, waren alle die, die mir zuhörten, erleichtert. Ein tiefes »Ohhh ...!« entfuhr ihnen als Ausdruck dieser Erleichterung. [...]

»... um die Wahrheit zu sagen, als das Kümmeltürke-Geschrei seinen Höhepunkt erreicht hatte – meine Ohren waren schon längst unempfindlich geworden und die stille Welt der Taubheit umfing mich –, ging mit mir schon wieder eine seltsame Veränderung vor sich. Ich hatte in der Tat begonnen, daran zu glauben, daß ich zu Kümmel geworden war. Und je fester ich daran glaubte, desto rascher verwandelte ich mich tatsächlich in Kümmel. Nunmehr war ich echter Kümmel. Bald darauf kam einer daher und füllte mich Handvoll für Handvoll in einen Sack. Dann schulterte er den Sack, ging Straße für Straße, Viertel für Viertel ab und versuchte, mich, also den Kümmel, zu verkaufen ...«

Wieder hatte ich mich vom eigenen Erzählstrom fortreißen lassen. Wenn nicht jener kleine Zwischenfall eingetreten wäre, hätte ich womöglich weitererzählt.

Plötzlich konnte sich einer meiner Zuhörer – es war jener mit dem Hut und dem dicken Schnurrbart – nicht mehr zurückhalten zu sagen: »Pfui, diese Gottverdammten kennen keine Zärtlichkeit, keine Liebe, keine Menschlichkeit und keine Treue; nichts von allem.« Worauf wir uns ihm alle zuwandten. Ich schaute in das Gesicht des Mannes, der dem Weinen nahe war. Sogleich rollten dicke Tränen, die sich in seinen

Augen gesammelt hatten, die Wangen herunter und verliefen sich in seinem Stoppelbart. Einige der Umstehenden gaben ihm recht, andere widersprachen ihm. Mein Gegenüber, der, seitdem wir uns begegnet waren, mich mit mysteriöser Kraft zum Reden gebracht hatte, griff aus unerfindlichen Gründen auf eine etwas rüde Art ein. Wenn er so daherrede, sei er ungerecht, sagte er, und bemerkte, daß solche harten und undifferenzierten Urteile sich eines Tages als beschämende Irrtümer entpuppen könnten: »Nein, mein Lieber, ganz so ist es nicht, natürlich gibt es das, wovon du redest, auch bei ihnen.« Hätte er das bloß nicht gesagt. Der andere zuckte nur gleichgültig mit den Schultern. Sein Weinen wurde immer heftiger, und die Tränen flossen in Strömen. Sein ausladender Brustkasten wurde von Schluchzern geschüttelt. Dieser schüchterne Mann, der sogar sein Lächeln für unschicklich hielt, weinte hemmungslos. Mein Gegenüber bestand, diesmal jedoch mit einer weicheren, gütigeren Stimme, auf dem, was er gesagt hatte: »Mein Freund, das, was du meinst, gibt es auch unter ihnen«, sagte er und fügte noch hinzu: »Das gibt es zwar, aber das, was du meinst, ist bei ihnen etwas anderes.«

Ich saß in der Klemme. Dieser Ausbruch von Leid, Demütigung und Zerstörung eines Landsmannes, womöglich als Ergebnis eines dummen Missverständnisses – ich war mir ziemlich sicher, daß sich die beiden mißverstanden hatten – durfte sich nicht in eine Woge von Haß und Zwietracht ausweiten und uns völlig entzweien. Ich fühlte die Notwendigkeit, den aus der Fassung geratenen Mann zu trösten, der sich nach meinen Worten und begünstigt durch das Zusammengehörigkeitsgefühl, das bei den Umstehenden aufgekommen war, nicht mehr halten konnte und sich gehenließ. Alles, was gesagt worden war, wollte ich erläutern und klären helfen. Außerdem schien auch mein Gegenüber dies von mir zu erwarten.

»Schau, mein Freund«, begann ich, »sie haben auch ihren Kummer, ihre Leidenschaften, ihre Liebeleien ..., sie sind nur nicht genauso wie unsere. Wenn du sagst, daß sie die nicht haben, paß auf, dann irrst du dich. Was sie von uns unterscheidet, ist, daß sie sie anders zeigen. Das gilt auch für die Trauer und ihre Sorgen. All das haben sie, aber, wie der Freund hier schon gesagt hat, sie sind anders.«

Meine Worte hatten angefangen, Wirkung zu zeigen, ich war ins Reden gekommen und sprach immer weiter. »Alles wird ihnen zu Rechnungen, sie sprechen in Zahlen. Da du diese Zahlen nicht kennst, nicht verstehst, staunst du und sagst dann: Sie haben keine Gefühle, es mangelt ihnen an menschlichen Gefühlen; und dies ist dein Irrtum.«

Das Schluchzen des Mannes schien aufzuhören. Auch ich faßte mehr Mut, versuchte das, was ich gesagt hatte, weiter zu erläutern:

»Eigentlich muß man es akzeptieren, auch in diesem Land gibt es Gefühle wie menschliche Liebe, Treue und so weiter, aber die Leute hier drücken das alles, wie ich schon gesagt habe, in Zahlen aus. Diese Gefühle sind alle in kaltblütigen Zahlen versteckt. Sieh mal, ich gebe dir ein Beispiel:

Die Entsprechung für Zärtlichkeit ist die Zahl 5007. / Die Entsprechung für Treue ist 737,5. / Freude: 674. / Glück: 911. / Mitleid: 0.083. / Liebe, das ist etwas komplizierter: $(176)^2 + \sqrt{7}$.

Du siehst, das ist etwas anders als bei uns. Eine Art Rechenoperation. Man könnte auch sagen, eine Chiffre ...« Mache ich mich über mich selbst lustig? Oder bin ich zum Gefangenen eines schizophrenen Denkens geworden? Wer bin ich überhaupt? Wie wird mir? ... Warum sind mir gerade diese Zahlen herausgerutscht und keine anderen? Sie haben nicht einmal einen Bezug zu den unbedeutensten Assoziationen meines Unterbewußtseins oder gar zu konkreten Fakten; keine Zahl aus meinem Geburtsdatum, meiner Kontonummer, Paßnummer oder meinen Mitgliedsnummern der Kranken- und Rentenversicherung ist dabei; auch keine Zahlen, die etwas mit meinem Gewicht oder mit meiner Körpergröße zu tun hätten ...

Sonderbar, diese Art der Erklärung, die mich zuerst befremdete, das Ersetzen von Gefühlen durch Zahlen – war es nicht eine logische Folge davon, daß die Menschen in dieser Gesellschaft selbst zu Zahlen geworden waren? Richtig, in einer Gesellschaft aus Zahlen konnten auch die Gefühle der Menschen nur noch in Zahlen ausgedrückt werden. Diese Erkenntnis gefiel mir immer besser.

Die Zuhörer waren – erstaunlicherweise – gar nicht erstaunt, alle riefen wie aus einer Kehle: »Wie schön du gesprochen hast, so ist's recht.« Dann redeten sie untereinander weiter:

»Das trifft's genau; an diese Zahlengeschichte habe ich noch gar nicht gedacht. / Mensch, wieso ist uns das nicht vorher eingefallen? / Schau, jetzt habe ich angefangen, das Ganze hier mit anderen Augen zu sehen … / Ach ja, hätte uns doch bloß früher schon jemand von diesen Dingen erzählt … / Eine Chiffre ist das. / Kapiert, aber wenn es keinen Schlüssel für die Chiffre gibt, kannst du sie nicht entziffern …«

Wie wir so dastanden, gaben wir ein merkwürdiges Bild ab. Mein Gegenüber, mit seinem gesamten Gebaren und dem ungezwungenen, großzügigen Ausdruck im Gesicht, war der Leiter der seltsamen Zeremonie. Schweiß stand auf meiner Stirn. Anfangs war ich beim Erzählen dem Gefühl der Sinnlosigkeit verfallen, dann genoß ich eine gesteigerte Empfindsamkeit, die ich bis jetzt nicht wahrgenommen hatte. Diese Empfindsamkeit versetzte mich in Erregung, die jedoch nicht lange anhielt. Schell stand ich wieder mit beiden Beinen auf dem Boden. Für die, die sich um mich versammelt hatten, war die Vorstellung zu Ende, sie gingen nach und nach auseinander. Der Gemüseladen hatte längst geschlossen, sein Licht war erloschen. Diesen Teil der Straße hatte eine farb- und geruchlose Nacht bedeckt. Das Licht der Straßenlaternen war vergeblich, die Träume waren vergeblich, sogar die Trauer hatte alles stehen- und liegenlassen und war verschwunden. Die Pflastersteine waren kalt und naß. Kaum jemand war noch zu sehen. Er stand vor mir wie jemand, der überall und jederzeit hätte vor mir stehen können, jemand, an dessen Name ich mich zwar nicht erinnerte, den ich aber aus lange vergangenen Zeiten kannte.

[…]

Meine Aufregung legte sich.

An den Regen hatte ich mich inzwischen fast gewöhnt. Es kam mir vor, als liefe ich schon ewig hier entlang. Selbst das Geräusch des Regens nahm ich nicht mehr wahr.

Ich war bei der Hausnummer neununddreißig angelangt. Dies hier müßte siebenunddreißig sein, aber nein, ich habe mich getäuscht. Die Häuser sind durchlaufend nummeriert. An der Ecke wird wohl vierunddreißig sein, nein, doch erst fünfunddreißig, vierunddreißig ist erst hinter der Kreuzung.

Hinter den Fenstern flackerte das bläuliche Licht der Fernseher.

Irgendjemand wird mich vielleicht einmal daran erinnern, daß ich all das aufschreiben wollte. Eigentlich ist mir dieser Gedanke nicht unangenehm, obwohl bereits die Chronisten ihre Arbeit getan haben, ja sogar Faksimiles vorweisen können, während ich nur mit meinen bunten, papiernen Figuren dastehe. »Ist das alles, was du sagen wolltest?« werden sie fragen, »das wussten wir doch schon. In jedem Artikel, in jedem Bildbericht steht mehr, finden sich statistische Zahlen, die rational nachzuvollziehen sind, graphisch dargestellte Fakten. Schau, deine Figuren sind doch längst veraltet und verrottet, zeig uns was Neues. Immer neue, brandneue, hochaktuelle ... Zeig sie uns, bevor auch die wieder veraltet sind. Laß uns alles zu Ende bringen. Immer wieder. Schließlich leben wir in einer Leistungsgesellschaft. Was sollen wir auch sonst mit dir anfangen? Sonst – bist du gar nicht existent!«

Sollen sie doch sagen, was sie wollen, dachte ich bei mir, ich kümmere mich einfach nicht darum.

Eine neue Aufregung hatte mich erfasst.

Stolz klemmte ich die Akte, die ich unter meinem Regenmantel verborgen hielt, noch etwas fester. Ich wollte fühlen, daß sie da war. Sie machte mich sicherer und beruhigte mich. In mir öffneten sich, Schicht für Schicht, tropische Klimazonen, exotische Finken flogen umher. Ich schloß meine Augen, horchte in mich hinein, hörte mein Herz schlagen und lächelte zufrieden.

Ich wollte sobald wie möglich das Haus mit der Nummer neunzehn erreichen. Die Rinnsale, die mir übers Gesicht liefen, wischte ich mit der Hand weg, streckte meinen Hals nach vorn und schüttelte den Kopf, daß die Wassertropfen umherspritzten.

Von welchen Sorgen sind wir ausgegangen, und wo sind wir jetzt angelangt? Wohin werden wir noch mit unseren Sorgen gelangen ...

Ich kann sie lachend ignorieren und ich kann sie ignorieren, ohne zu lachen. Oder ich ignoriere sie nicht, trage sie mit mir herum, wie eine Last, gewöhne mich allmählich an sie.

Ich gewöhne mich an die Sprache, die Gesten und Mimik, an seltsames Verhalten und geheime Zeichen. All dies führt zu einer Art bedingtem Reflex – auch wenn ich Worte und Wortsysteme nicht vollständig verstehe, ahne ich doch, was sie leisten und präge sie mir ein. Ich gewöhne mich an eine neue Sprache, die ich mit neuen Inhalten fülle und erweitere.

Wenn sie sagen: »He du, komm mal her!«, komme ich; ich komme auch dann, wenn ich die Bedeutung der Worte »He du, komm mal her!« nicht verstehe. Wenn sie sagen »He du, geh!«, gehe ich; ich gehe auch dann, wenn ich die Bedeutung der Worte »He du, geh!« nicht verstehe. Wenn sie sagen »Bring das weg von hier!«, bringe ich es weg; ich bringe es auch dann weg, wenn ich die Bedeutung der Worte »Bring das weg von hier!« nicht verstehe.

»Tschkk-tack, taschkk-tack, dschssnnnn, tschkk-tack, tschkktack, dschssnnnn; tschkk-tack, tschkk-tack, dschssnnnn ...«

»Wrrrtt, wrrrtt tschkk-ta wrrrtt; tschkk wrrrtt, tschkk wrrrtt; wrrrtt, wrrrtt tschkk-ta, wrrrtt; wrrrtt, wrrrtt tschkkta, wrrrtt ...«

»Tschkk-ta, tschkk-ta wrrrtt; tschkk-ta, tschkk-ta wrrrtt ...«

»Tschkk-tack, dschssnnn, wrrrtt; tschkk-tack, dschssnnn, wrrrtt ...«

Wenn sie sagen »Wenn man auf den Kopf drückt, fällt die Presse auf die Form, paß auf, daß deine Finger nicht dazwischen kommen; laß deine Finger nicht dazwischen kommen, wenn du die Blechplatte auf die Form gelegt hast, mußt du die Hände gleich wegziehen und dann erst auf den Knopf drücken. Hast du verstanden, achthundert

Tonnen Preßkraft auf einen Quadratmeter, von deinen Fingern bleibt dann nichts übrig, hast du verstanden?«, auch wenn ich die Bedeutung der Worte »Wenn man auf den Kopf drückt, fällt die Presse auf die Form, paß auf, daß deine Finger nicht dazwischen kommen; laß deine Finger nicht dazwischen kommen, wenn du die Blechplatte auf die Form gelegt hast, mußt du die Hände gleich wegziehen und dann erst auf den Knopf drücken. Hast du verstanden, achthundert Tonnen Preßkraft auf einen Quadratmeter, von deinen Fingern bleibt dann nichts übrig, hast du verstanden?« nicht verstehe, sammele ich meine ganze Aufmerksamkeit, lege die Blechplatte auf die Form, ziehe die Hände weg, drücke dann erst auf den Knopf, worauf die Presse mit einer Preßkraft von achthundert Tonnen auf einen Quadratmeter niederfällt und aus der Blechplatte die entsprechende Form ausstanzt.

Wenn sie sagen »Dann nimmst du die geformte Blechplatte, setzt sie auf das Band daneben und legst eine neue auf!« auch wenn ich die Bedeutung der Worte »Dann nimmst du die geformte Blechplatte, setzt sie auf das Band daneben und legst eine neue auf!«, nicht verstehe, nehme ich die gestanzte Blechplatte aus der Form, setze sie auf das Band daneben und lege eine neue auf.

Wenn sie sagen »Bei der Arbeit darfst du den Helm und die Lederhandschuhe nie ablegen!«, auch wenn ich die Bedeutung der Worte »Bei der Arbeit darfst du den Helm und die Lederhandschuhe nie ablegen!« nicht verstehe, lege ich den Helm und die Lederhandschuhe nie ab.

»Tschh-Tack, tschkk-tack, dschssnnnn; tschkk-tack, tschkktack, dschssnnnn; tschkk-tack, tschkk-tack, dschssnnnn ...«

Wenn sie sagen »Bravo, wird schon, du hast es kapiert!«, auch wenn ich die Bedeutung der Worte »Bravo, wird schon, du hast es kapiert!« nicht verstehe, gefällt es mir, gelobt zu werden, ich freue mich, daß ich nützlich bin. »Wrrrtt wrrrtt, tschkk-ta, wrrrtt; tschkk wrrrtt, tschkk wrrrtt, wrrrtt, wrrrtt, tschkk-ta, wrrrtt; wrrrtt, wrrrtt, tschkk-ta, wrrrtt ...«

Wenn sie sagen »Du mußt nur noch schneller und flinker arbeiten!«, auch wenn ich die Bedeutung der Worte »nur noch schneller und flinker« nicht verstehe, arbeite ich noch schneller und flinker.

»Wrrrtt, wrrrtt; tschkk-ta, wrrrtt, tschkk-wrrrtt, tschkk wrrrtt; wrrrtt, wrrrtt, tschkk-ta, wrrrtt; wrrrtt, wrrrtt, tschkk-ta, wrrrtt ...«

»Tschkk-ta, tschkk-ta wrrrtt ...«

»Tschkk-ta, dschssnnnn, wrrrtt ...«

Wenn sich der Refa-Mann mit der Stoppuhr in der Hand neben mir aufpflanzt und alle meine Bewegungen registriert, wenn er die Daten, die er herausbekommt, mit Hilfe der Formel t = L/100 als graphische Kurve aufzeichnet, auch wenn ich weder die Bedeutung seiner Formel noch die seiner Berechnungen verstehe, arbeite ich, wenn er neben mir steht, noch schneller, immer schneller.

Wenn ich in der Mittagspause in der Kantine sitze, meine Arbeitskollegen mich anstieren und dabei aufgeregt miteinander sprechen, auch wenn ich nicht verstehe, warum sie mich anstieren und dabei aufgeregt miteinander sprechen; wenn einer von seinem Platz aus mit dem Finger auf mich deutet und, indem er ihn krümmt, mich zu sich ruft, »Komm mal her!« sagt, verstehe ich, daß er mich zu sich ruft, stehe auf und gehe zu ihm. Wenn er »Dreckiges Schwein!« zu mir sagt, auch wenn ich die Bedeutung der Worte »Dreckiges Schwein!« nicht verstehe, verstehe ich, daß er mich beschimpft, bin traurig, aber verstehe dennoch nicht, warum er mich beschimpft.

Manchmal, wenn ich sehr einsam und sehr bedrückt bin, spreche ich mit meiner Maschine.

»Wie geht es dir? Sag mal, Maschine.«

»Tschkk-ta, tschkk-ta«

»Langweilst du dich nie?«

»Dchssnnnn, dschssnnnn, wrrrtt.«

»Was machst du, wenn dich die Einsamkeit bedrückt?«

»Tschkktatschkk tschkktatschkktatschkkta tschkkta ...«

Es kommt ein Zeitpunkt, an dem ich noch müder werde. Ich sage ihr:

»Ach, Maschine / du großartige Maschine / du liebe Maschine / du feine Maschine / du großherzige Maschine, bitte, tu's für mich, mach etwas langsamer«; oder ich sage: »Maschine, komm, laß uns Freunde sein, du hörst auf mich und ich auf dich«; oder ich sage: »Verdammte Maschine, sei verflucht«; wütend drücke ich auf einen Knopf: »Dschssnnnnnttttssssssssss«; »Das geschieht dir recht, siehst du, wie ich dich anhalte«, »Tssssss«, »Wir wollen doch mal sehen, ob du es mit mir aufnehmen kannst.«

Derart provoziert, gibt sie keinen Ton mehr von sich, akzeptiert ihre Niederlage. Sie gibt zwar keinen Ton mehr von sich und akzeptiert ihre Niederlage, aber dann kommt der Meister, fragt, was los sei, fragt, ob ich die Maschine kaputt gemacht hätte, während er auf den Knopf drückt und sie wieder in Gang setzt. Dann wendet er sich mir zu und schilt mich; als er sich mir zuwendet und mich schilt, verstehe ich nicht, warum er sich mir zuwendet und mich schilt.

Ich warte in einer Schlange, bin an der Reihe, sie übersehen mich und bedienen den, der nach mir kommt; ich verstehe nicht, warum sie mich übersehen und den nächsten bedienen. Ich möchte etwas haben; sie verstehen nicht, daß ich etwas haben möchte. Ich frage etwas; sie verstehen nicht, daß ich etwas frage; ich verstehe nicht, daß sie nicht verstehen, daß ich etwas frage. Ich ärgere mich; sie verstehen nicht, daß ich mich ärgere; ich verstehe nicht, daß sie nicht verstehen, daß ich mich ärgere. Eine Wut steigt in mir auf, ich ersticke fast daran; sie verstehen nicht, daß eine Wut in mir aufsteigt, daß ich fast daran ersticke; ich verstehe nicht, daß sie nicht verstehen, daß eine Wut in mir aufsteigt, daß ich fast daran ersticke. Mit dem, was ich nicht verstehe, erweitert und bereichert sich meine neue Sprache.

Dichter predigen in Schleswig-Holstein

Wer wird bestreiten wollen, daß Handelsbeziehungen Hand in Hand mit Kulturbeziehungen gehen.

Wer sich gegen fremde Kulturen verschließt, diese nur als Entfremdung empfindet, Feindbilder entwickelt, erweist der eigenen Kultur einen Bärendienst.

(...)

Denken Sie an Picasso: Er wuchs im kosmopolitischen Barcelona auf, wurde im kosmopolitischen Paris von der »primitiven« und naiven Kunst aus Afrika und Übersee beeinflußt. Hätte er ohne diese Einflüsse die europäische Malerei unseres Jahrhunderts so fundamental erneuern können? Sicher können Sie sich eine Kunstgeschichte ohne die europäische Malerei des 20. Jahrhunderts nicht vorstellen. Und sicher auch keine europäische Kunstgeschichte ohne den Kosmopoliten Pablo Picasso.

(...)

Der moderne Europäer, der sich selbst als Mittelpunkt der Welt wahrnimmt und sein Leben ganz selbstverständlich nach seiner größtmöglichen Individualität ausrichtet und dem nur seine eigene Existenz genügt, dieser Europäer sieht sich heute umzingelt von einer fremden, seinen Vorstellungen eigentlich zuwiderlaufenden Kultur.

Das Tragische an der Situation ist, daß er selbst es ist, der diese Kultur produziert, vermehrt und trägt, er selbst also an seiner eigenen Umzingelung arbeitet. Anders ausgedrückt, die Entfremdung, vor der er sich fürchtet, ist keine Bedrohung von außen, sondern etwas Hausgemachtes. Er hält sich für einzigartig und originell, erzeugt dabei in der modernen Industriegesellschaft aber nichts anderes als Alltäglichkeit und Monotonie. Dies manifestiert sich in seiner Sprache, seiner Alltagskultur, seinen Lebensgewohnheiten, seinen Erwartungen und Zielen.

Zwar kritisiert der moderne Mensch aufs schärfste jede Art von Uniformiertheit, doch steckt er schon längst in einer Uniform wie in einer Zwangsjacke. Vor allem die Intellektuellen gebärden sich wie moderne Don Quichottes. Den revoltierenden Europäer, der Opfer seiner eigenen Revolte geworden ist, gibt es nicht mehr, alle bekannten Identitäten sind zerrissen oder doch zumindest abgenutzt und unbrauchbar. Das ist das Ergebnis der Moderne, des Fortschritts in der Moderne, der zugleich ihr Ausgangspunkt ist.

Eine Identitätslosigkeit, Wehen der Übergangszeit.

Gibt es nicht eine gewisse Ähnlichkeit zwischen dem modernen Europäer, der, ausgehend von seiner Rationalität, die Abnutzung und den Verlust seiner Identität feststellen muß, und einem orthodoxen Muslim, der sich von Europa entfernen will, je näher er ihm kommt, und je mehr er sich von ihm entfernt, desto stärker sich in seinem eigenen Glauben verschließt, wie ein Sufi aus vergangenen Zeiten, der nach Nicht-Existenz trachtet, den Verlust des Ichs feiert, die Vereinigung mit dem Gott anstrebt, im Nichts das Ewige zu erkennen glaubt und in völliger Gleichgültigkeit gegenüber seiner Umwelt verharrt. Verschiedene, ja entgegengesetzte Ausgangspositionen führen also bei beiden zu einer Identitätskrise. Der Punkt, an dem sich ihre Wege zu treffen scheinen, ist eine Weggabelung, ein Ort der Konfrontation

Im gleichen Maß, wie Europa heute auf die islamische Kultur, die es in sich aufgenommen hat, reagiert, gerät es auch unter ihren Einfluss. Denn diese Kultur hält Europa einen Spiegel vor. Europa sieht sich in diesem Spiegel, auch wenn es die andere Kultur gleichzeitig leugnet und sich von ihr abgrenzt. Durch sie gewinnt Europa eine neue Triebkraft.

Ja, eine Triebkraft von der muslimischen Minderheit, die sich verschließt und ihre Kultur konserviert, und das mitten in Europa, abgesondert von der gesellschaftlichen Wirklichkeit.

Die, die man als Fremdarbeiter nach Europa geholt hat, haben auch ihre Kultur mitgebracht. Diese Kultur lebt nun mit ihnen hier. Warum sollte diese Kultur, die Teil des hiesigen Alltags geworden ist, nicht Europa als Reservoir dienen, nicht jene Impulse geben, die Europa benötigt, um neue Kultursynthesen einzugehen?

Wenn die durch Rationalität geschaffene Welt der Technik und die moderne Gesellschaft die Individualität des Europäers abgeschafft, seine Einzigartigkeit und Originalität relativiert und als einen Mythos entlarvt hat, wenn sein »Ich« sich auflöst und seine Vielfalt in Gefahr gerät, dann heißt dies, daß er eine neue Ausrüstung braucht, um sich zu behaupten und von neuem zu verwirklichen.

Ich sprach vorhin von Konfrontation. Natürlich betrifft sie beide Seiten. Egal, ob sie versuchen werden, sich voneinander zu entfernen oder einander anzugleichen, immer wird dabei etwas Originelles entstehen, was keinem von beiden gleicht. Ein neuer Mosaikstein für die Zukunft Europas, neuer Reichtum. Nur durch Miteinander, durch gegenseitige Ergänzung und nicht im Gegeneinander, damit zwei bekannte oder unbekannte Menschen, die einander begegnen, sich voneinander nicht fürchten, sich die Annäherung gegenseitig erleichtern, sich gegenseitig akzeptieren.

(...)

Es ist, als würde ich die Klagen von hier aus hören, gegen die Abgase der Trabbis, die die Westberliner Straßen verstopfen, gegen die Großzügigkeit, die den Brüdern und Schwestern aus dem Osten entgegengebracht wird. Ich kann mir ein Lächeln nicht verkneifen: Wiederholt sich da nicht etwas? Damals gab es auch solche, die sich über den Gestank von Knoblauch und Hammelfleisch beklagten.

Meine Damen und Herren, mit jedem »Merhaba!«, das wir an einen anderen richten, lösen sich auch jene alten Bilder, die sich über die anderen in unserem Kopf festgesetzt haben. Nun entspricht auf einmal das Bild eines DDR-Bürgers nicht mehr jenem Bild des folgsamen, duldsamen, genügsamen Bürgers mit gesenktem Kopf.

Diese sehen ihrerseits den BRD-Bürger nun auch nicht mehr als drogenabhängigen, kriminellen, aggressiven Neofaschisten, als Schlemmer und Prasser. Die alten Bilder haben Risse bekommen, neue Bilder sind an ihre Stelle getreten. Doch auch in den neuen Bildern wird bei genauerem Hinsehen die Überheblichkeit, der Egoismus des West-Menschen deutlich, der Drang, andere sich gleich zu machen. Das Bild von dem Menschen aus dem Osten ist dagegen noch verschwommen.

(...)

Berlin Savignyplatz

Du darfst keinen Fehler machen. Das mußt du zuallererst lernen. Wenn du die Straße bei Rot überquerst, machst du dich schuldig. Wenn du ein Verbotsschild übersiehst, machst du dich schuldig. Wenn du im Winter am vereisten Kanalufer ausrutschst und fällst, machst du dich schuldig. Wenn du mit einem Beamten im Dienst mit erhobener Stimme sprichst, machst du dich schuldig. Wenn du im Bus jemandem auf den Fuß trittst und dich nicht entschuldigst, machst du dich schuldig.

Personen, die du nicht kennst, mußt du mit »Sie« anreden.

Du darfst dich nicht ärgern, wenn du außer Atem an der Bushaltestelle angelaufen kommst und der Busfahrer dir die Tür vor der Nase zumacht und ohne dich abfährt, oder wenn an der Kasse, an der du im Supermarkt Schlange stehst, ausgerechnet dann die Spule ausgeht, wenn du drankommst, so daß du dich woanders von neuem anstellen mußt. Wenn du beschimpft wirst, weil du etwas Verbotenes getan hast, darfst du nicht widersprechen. Wenn du beim Spielen verlierst, darfst du nicht traurig sein.

»Guten Morgen, Herr Itir.«

»Guten Morgen.«

»Kann ich Ihren Ausweis sehen?«

»Ach, ich hab' ihn wohl zu Hause gelassen. Er muß in meinem anderen Jackett stecken.«

(Du sollst ungefragt keine unnötigen Erklärungen abgeben.)

»Entschuldigung, dann kann ich Sie nicht hineinlassen.«

»Aber Sie kennen mich doch ...«

(Du darfst nicht auf etwas bestehen, wenn du weißt, daß es vergeblich ist.)

»Ich kenne Sie zwar, aber woher soll ich wissen, daß Sie wirklich Ali Itir sind, wenn Sie keinen Ausweis bei sich haben?«

Wenn du morgens zur Arbeit kommst, darfst du deinen Ausweis nicht zu Hause vergessen; wenn du ihn dennoch vergißt, mußt du deinen Fehler sogleich zugeben, denn die Bürokratie akzeptiert nur den Personalausweis an deiner Stelle. Das alles wußte Ali Itir inzwischen längst.

(...)

Privatexil

Ich bin Türke –
aus einem Land, wo am Himmel
Großvater Mond mit weißem Wolkenbart thront
zwischen Sternen,
die niemals frieren –
aus einem Land
wo mickrige Männer leben
die Mütze auf die Brauen gerutscht
den einen Zipfel
ihres fettigen Schnurrbarts an den Holzpflug geknotet
der andere flattert im Westwind.

Roter Mond
und roter Stern
hocken auf meinem Ausweis
gelassen im Türkensitz.

Wenn ich in den »Erleuchtungen« lese
zieht vor mir eine rötliche Dämmerung auf
an jenem Himmel,
schwer jetzt unter den Klängen
von Rohrflöte, Laute, Tambur und Trommel –
als sei es noch vor Jahrhunderten.
Der Himmel wird tiefrot, er platzt
wie ein reifer Granatapfel.
Darinnen
tausend rote Fruchtkerne
tausend Kerne
das sind tausend Welten
tausend Welten
mit tausend Schmerzen unter ihrer Haut.

Da steigen selbdritt herab
lachend
und Arm in Arm
Moses, Jesus und Mohammed
mit Bärten, die sich wie Zypressen im Winde wiegen.
Ein jedes Barthaar biegt sich in einer Brise der Frühe …
Sie steigen herab auf himmlischer Leiter
sie steigen zu mir herab.
Danach ein paar Leute
ein paar Leute, die halten in der Hand die Rechung
meiner guten und schlechten Taten.
Sie reichen die Rechnung den dreien.

Die paar Leute sagen zu mir
im Feuer deines Herzens schmore eine Speise,
vom Naß deiner Tränen gäre ein Wein
die laß uns darbringen.
Darbringen
dann kommst du vielleicht früher an die Reihe! – Auf daß du
nicht länger warten mögest ...
Also da warte ich nun
mit gespanntester
Aufmerksamkeit
bald meine Verdienste
zählend
bald meine Gewissensbisse.
Da warte ich noch
Wenn etwas lange genug
geglaubt
wird
dann nennt man es Religion.
Da warte ich noch.

Ich bin ein Türke.
Auf meinem Ausweis hocken
roter Mond und roter Stern
gelassen im Türkensitz.

In der Wüste meines Herzens
und meiner Gedanken –
im Exil
warte ich noch.

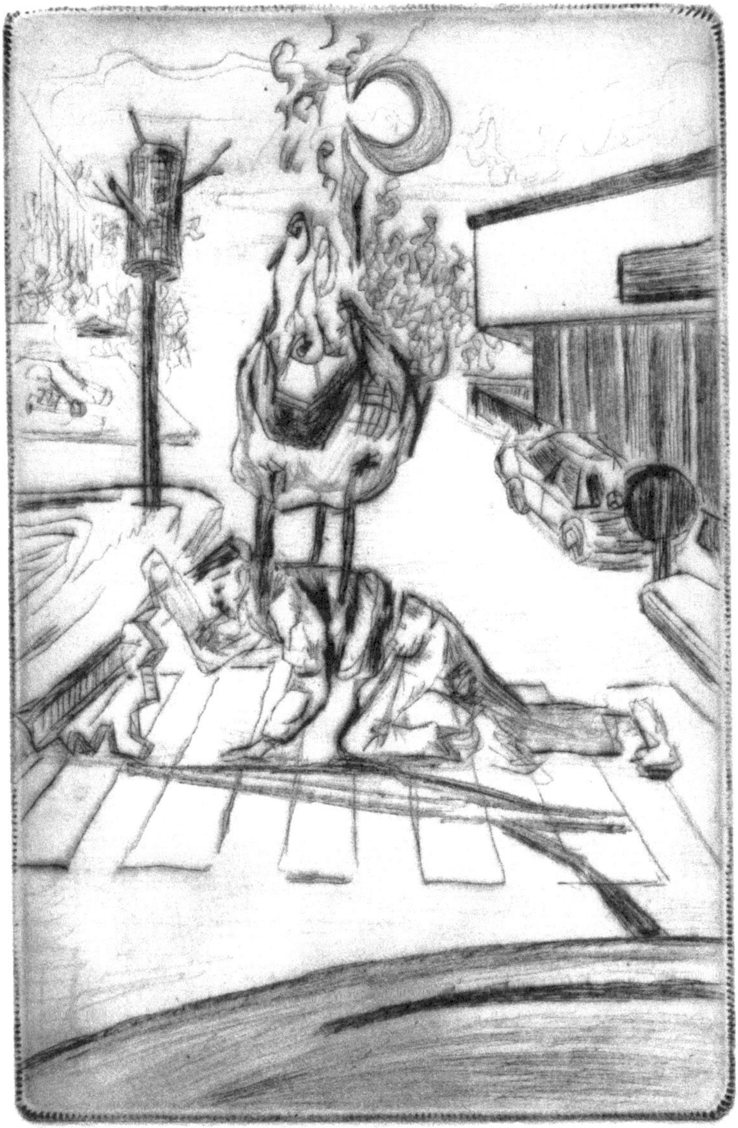

Wegwerfarbeiter

I

A, B, C, D, E, F, G ...
Immer schwiegen wir.
Schweigend sprachen wir.

Niemals schwiegen wir.
Aber was wir sprachen,
waren nur Geräusche
und Geschrei im Mund.

Schade, nur Geräusche und Schreie.
Keiner schrieb sie auf.

He Messer zwischen den Rippen. He Blut!
Blut, das sind unsere aufgespießten Geräusche,
nicht aufgeschrieben, aber der Mund ist uns übergelaufen.

He Mann, der die Uhr von Padua baute!
In einer Zeit leben wir zweimal,
einmal hier und einmal zu Hause.
In einer Zeit altern wir zweimal.
Zweimal müde, wie müde sind wir.

He Fließbänder! Euer Abfall vor unseren Besen.
Verwischte Fingerabdrücke. Verwischte Identität.
Gesetze, Absätze, Abschnitte, he Paragraphen.
Und noch mehr Verbote, he, und noch mehr Verbrechen.
He Paßbilder! Ein einziger Arbeiter, von innen gesehen, das gibt
zwei Stück, und beide ganz unähnlich,
und dem sie beide gehören, der steht vor dem Richter.

He vor dem Richter, ein Mann, zwei Paßbilder.
Schweigend das eine. Schreiend das andere.
Vor dem Richter schwiegen wir.
Aber schweigend sprachen wir.
He Land des Nylon, Land der Blondinen, he!

II

Das war eine Chance, die man uns anbot.
Ein Traum, der wahr werden könnte.

Wenn wir kämen – die Rückkehr stünde ja offen.
Nur, als wir das Traumland im Galopp überrannten,
fehlte in unserer Tasche der Rückfahrschein.

Vergessen die Wirklichkeit! – Es lebe das Spiel!
Nimm Zeitungen, Rundfunkberichte, Kommentare, Erklärungen,
wie man sich abgibt mit uns, von zuständiger Stelle
mancherlei unzuständige Floskeln und Zusagen
nach den Regeln des Spiels.

A, B, C, D, E, F, G ...
Zusagen, Floskeln, Erklärungen, Kommentare, Rundfunkberichte,
Zeitungen,

die zuständigen Vermerke von Unzuständigen,
ja die schrieb man auf.

Immer schwiegen wir.
Schweigend sprachen wir.

Die Schrift vertilgte das Wort
und lebt bis heute fort.

Was man aufgeschrieben hat,
damit setzen sie sich matt.

III

Archive sind unfreundlich
von so viel aufbewahrter Wirklichkeit.
Seit Tagen durchstöbere ich Sammlungen, Zeitungsausschnitte,
Ansprachentexte, Kurzfassungen von Kommentaren.
Was ist nicht alles gesagt und geschrieben worden ...
all diese Erklärungsversuche, von der Zeit überrollt ...
... ohne Fremdarbeiter kommen wir nicht weiter.
... die Fremdarbeiter kommen nicht weiter.
... ein solches Risiko wurde einkalkuliert.
... die Fremdarbeiter kommen zu eigenem Vorteil in die
Bundesrepublik
... wenn dieser Vorteil wegfällt, können sie wieder gehen.
... es handelt sich um einen beiderseitigen Nutzen.
Beide Seiten stehen im Einvernehmen.
... wenn sie gehen, können wir die Gießereien schließen.
... die Gießereien dürfen nicht geschlossen werden.
Das ist eine nationale Aufgabe.
... eine nationale Aufgabe läßt sich nicht
mit außernationalen Kräften bewältigen
... wenn zwar man außernationale Kräfte
einbeziehen darf in die Aufgaben der Nation.
... die Bundesbahn steckt in roten Zahlen.
Es müssen mehr Reisende transportiert werden.

IV

Mit dem Recht ist jedem, sagst du,
ein Hyänenzahn gegeben
gegen die Macht des Staates über jeden.
Die Hyäne frißt nur Aas,
doch die Macht, die ist am Leben.

Du sagst, Europa ist von Angst gepackt!
Ja, sitzt der Hyänenzahn jetzt im Maul des Löwen?
Der Löwe will lebende Beute.

Jede Straße Schwedens durchzieht eine Kälte.
Jede U-Bahn-Station. Jede Einsamkeit.
Die Schweiz gleicht einem großen Tresor. 1975 liegt hinter uns.
In diesem Jahr wurden die Trauben noch süßer unter Italiens Sonne
und können die Börsen binnen kurzem auf den Kopf stellen.
An den gedeckten Tischen der EG erwartet man nervös die nächste
Delikatesse.
Bonn zieht Bilanz: 1 Million 340tausend Arbeitslose.
Den Schlüssel des Tresors hat längst ein Weiser mit Rauschebart
in einen Kratersee geworfen.

V

Das Abendland macht die Augen zu.
Wir schaukeln die Wiege.

Gute Nacht.

A, B, C, D, E, F, G ...
Bald beherrschen wir auch
das Alphabet.

Reisen von Berlin nach Berlin (Auszüge)

1.

Sieh, Kreuzberg ist eine Wolke für türkische Mädchen,
die mit lückenloser Aussteuer auf Freier warten.

Wolke, zieh fort, zieh fort,
reiß doch auf.

Während unbändigem Lachen, plötzliche Betrübnis,
als wäre sie mein Geschick.

Meine donnernde Freude
werdet ihr gleich hören;
welche Regenfälle, welche Regenfälle
fallen mir als Anteil zu.

[...]

6.

Greise in einer Ruinenkirche
begraben ihre Güte in Einsamkeit,
ein jeder harrt einer traurigen Zeit,
wie Ikonen, deren Vergoldung abblättert.

Eine zweckmäßige Betonmauer
entzweit ihr Inneres;
nichts als Seufzen und Klagen

in deinen Brauen gewahren sie.
Neumonde sind aufgegangen so schön
da sehen sie den Frühling,
und die Rosen, in ihre Sehnsucht gesteckt, blühen auf.

Dieses Leid, diese Tränen, dieses Jahrhundert,
die Einsamkeit, dieses Harren,
bist du es? Bin ich es?

Wenn mein Inneres aufheitert in der Fremde,
bin ich es? Bist du es?

7.

Geständnisse sind verstaubte Bilder.
Arg verstreut und verloren sind wir
und müde;
denn wir suchten nach Atlantis,
zerschlissene Landkarten in der Hand.

Danach bleibt ein Gerücht von Untergängen.

Die feinsten Gefühle in Uniformen gesteckt,
die schöne Tugend im Wettstreit um Gewalt.
Wie können in Säure getauchte Finger
das Beben des gestreichelten Körpers
empfinden?

Danach bleibt eine Sage von Untergängen.

Ich senke den Kopf und befinde mich jetzt
auf Reisen von Berlin nach Berlin:
Der Tod von Freunden, eine Schlaguhr
auf der Konsole für unsere Selbstsucht.

Danach bleibt vielleicht ein Gerücht, vielleicht eine Sage
oder beides von Untergängen.

8.

An allen Stationen der Vereinigung kommen wir vorbei,
Berlin aber kommt nicht näher, es bleibt so fern.
Eisenbahnbrücken aus alter Zeit,

ihre traurige Gegenwart endet in toten Gleisen.

Mit welcher poetischen Hoffnung lebten wir,
vertrocknete Tränen sammelnd?
Wir hatten Nachbarn, deren Namen kannten wir nicht:
Güter besaßen wir, Zierde der Schaufenster.

Sehnsucht läßt sich nicht beschreiben,
wir tragen sie jedoch in unserer Tasche,
pendeln hin und her, sind überall gleichzeitig.
Erscheinungen schwinden, wenn die Scheiben gewischt sind,
der Rest – eine dunkelviolette Leere im Hof.

9.

Warten auf den, der nicht kommt.
Der Vollmond und der Ersehnte
gleichen in Berlin Briefen ohne Adresse:
Weder erscheinen die Geliebten, noch der Vollmond,
der langen Sommernächte hingebungsvoller Trost.

Und dann so viele Fernschreibermeldungen,
in denen man ein Geheimnis ahnt:
Wir erlitten zahllose Niederlagen
und vermuteten doch, das Unglück erreiche uns nicht –
Das ist unsere Neigung zum Selbstbetrug.

Wenn Erwartungen trübe Wasser sind,
dann ist die Wirklichkeit ein ins Wasser geworfener Stein,
Kreise breiten sich aus und vergehen.
In sorglosen Gesichtern findet sich jene tiefe Leere.

10.

Was ist die Zeit,
aufgehoben für später?
Ist sie ein vergilbtes Bild,
eine verschollene Schrift?

Denn:
Der Kummer,
der das Herz in Enttäuschung erstickt,
wird vergessen,
die Stimme Richard Taubers aus dem Grammophon
ist verkratzt,
die alten Spartakisten
– nur noch grollende Blitze im Archiv,
Flugblätter voller Überzeugung
– Schimmelgeruch im Wedding,
das Taftkleid der Toten im Landwehrkanal ist noch naß.

Und
Lorbeerkränze
sind Fragen ohne Antwort

Klagelied

Oh du Schöne,
Oh du schöne Frau mit den Rehaugen,
Oh du mit der silbernen Haut,
Oh du mit dem frischen Antlitz,
vor dem der Vollmond selbst verblaßt;

auf der Suche nach dir
sind Jahre vergangen – verzeih mir!

In der Einsamkeit fragte ich jeden Schatten nach dir,
jeder Gegenstand, den ich berührte,
barg Geheimnisse, entbehrte vieles.

Deine Schönheit errichtete Mauern;
so konnte ich dich nicht erreichen, meine Rose,
deine Knospenbrüste nicht küssen.

Sieh, die Vögel ziehen, die Zeit ist vergangen;
wo ist jene alte Begeisterung, wo der verrückte Aras,
dein Lachen, tausend Hoffnungen weckend, ist nicht mehr da.

Nun trägt der Wind in jedem Stoß nur Illusionen,
Wunschbilder, in denen ein Vagabundenleben spielt.

Feinheiten

In deiner Heimat bin ich ein sprachloser Papagei,
deine Leidenschaft belebt meine bunten Federn;
meine Hand greift zum Telefon, doch ich vergaß deine Nummer.

Wohin ich gehe, steht jenes elende Beisammensein vor mir;
die ferne Freude der Trauer will ich erleben,
der Egoismus hat Flügel bekommen, fliegt um meinen Tisch.

Durch Gassen streifend, gerate ich in immer neue Gassen.
Wenn ich dein schönes Gesicht betrachte, denke ich
an Verrat.
Ich habe einen strengen Charakter,
akzeptiere jedoch dein Bedauern.

Briefe an F. C. – Sansibar, Tansania

Lieber F. C.,
je klarer du siehst, desto eher gib nach
an den Grenzen des Möglichen, auch wenn sie sich
nur dir allein hinausgeschoben und zugleich
endgültig bestimmbar zeigen.
Je mehr du durchschaust,
desto hartnäckiger und feinsinniger
bring deine Argumente vor.
... die Angst, sich einfach abzunutzen,
in die wir uns immer mehr hineinsteigern ...

Das waren meine Gedanken beim Flug über
die feuerzüngige Wüste nach einer Zwischenlandung
in Kairo nachts um 3 Uhr.

He Wind! Bringst du Rosenduft
von einer geliebten Wange oder
den Geruch vertrockneter Erde?
In Khartum war es kühl, als ich zitternd
durch den Heckausgang der Boeing 707 hinauskletterte,
um die erste Luft dieses Erdteils zu schnuppern ...

Abendgesellschaft

Die Nacht in Duft gehüllt von riesig blinkenden Sternen,
Nelken und Mangofrucht,
drinnen im Salon, Stimmengemurmel
in englisch, deutsch und portugiesisch vermischt sich artig
mit dem kühlen Atem des Ventilators.

Der indische Konsul: Er redet viel,
scheint jedoch auf Schweigen Wert zu legen.
Die portugiesische Hausbesitzerin: mit Augenaufschlag
wie ein leidender Jesus.
Die Gattin des indischen Managers: als wenn sie
an den falschen Perlen ihrer Eleganz die Zeit abzählte,
aber niemals damit zu Ende kommt.
Und ich dazwischen: mein Gesicht in einer Landschaft
verfaulter Früchte hängend, während der Gastgeber,
ein deutscher Funkspezialist, Dias vorführt –
(der übrigens lebte zwei Jahre in Istanbul,
dann in Kairo,
jetzt Sansibar).

Ein Sonnenuntergang, durch schlaffe Palmenblätter,
im indischen Ozean –
ein edelsteinbesetzter Dolch
aus dem Topkapi-Serail –
auf dem Rücken eines Dromedars, angesichts
der Pyramiden von Gizeh –
all diese Bilder
könnten aus der Vitrine eines Reisebüros
auf dem Kurfürstendamm zusammengeklaubt sein,

wenn mich nicht dieses Ehepaar
mit ganz leeren Blicken (zufällig oder sowieso)
von der Leinwand her anstarrte.

Aber was soll's? Was ist überhaupt wichtig außer
... nitawasaidieni kadiri nitakvyoweza
... I shall help you as much as I can ...

(12.1.1978)

Ingrid kommt

Auf dem Blechdach spaziert
ein Rabe, dessen Federn plötzlich
aufstieben und als schwarze Decke
den Himmel zuschütten, dann bricht es los:
Regen,
Regen.
Regen.
Nicht nur der Regen, auch Ingrid kommt
aus Köln wie ein rotbackiger Apfel
und bringt Fritz ihre Liebe mit.
Außerdem Harzer Käse, Gänseleberpastete,
Pumpernickel und eine Flasche 1973er
Riesling Kabinett.

Die Kassette spielt Chopin.

Wir schleppen doch wirklich
unsere Gewohnheiten mit uns herum
wie einen Schlüsselbund in der Tasche.

(18.1.1978)

Homo habilis

I

Die Expedition ist bestens ausgerüstet,
wir werden hier jedes, auch das Verborgenste, entdecken.
Solange wir sie nicht kennen, muß man der Flora am Ort,
den endlosen Triften und jungfräulichen Wäldern,
die Wirklichkeit absprechen.
Was unsere Augen erfassen und Hände berühren,
werden wir unserem Wissen als neue Werte hinzufügen.
Das so ins Dasein Getretene soll später dann
durch den Akt der Niederschrift
in den Enzyklopädien bekannte Wirklichkeit werden.

Die Expedition ist bestens ausgerüstet,
wir werden hier jedes, auch das Verborgenste, entdecken.
Träger, Lasten, Waffen, Ortskundige stehen bereit.
Ich bin David Livingstone, ich fand die Stelle,

wo sich die Wassermassen des Sambesi
brausend von einem Becken ins andere stürzen,
ich nannte sie: Viktoria-Fälle.
Auch die prallen Brüste des Kongo streichelte ich …

II

Bis man mich fand, ging das dritte Viertel
des 20. Jahrhunderts ins Land.
Ich bin Homo habilis, bin im zweimillionsten Jahr
meines Seins oder Nichtseins.
Ihr fandet mich, und nun? Es gab mich sowieso,
zwischen Knochen, Steinen und Asche
der Olduvai-Senke.
Davon, daß einer es entdeckt, ist etwas nicht Vorhandenes
noch nicht vorhanden,
was blähst du dich so, he junger Mann aus Europa,
he Homo Heidelbergensis!
Wenn das, was ihr wißt,
ein bemerkenswertes Bewußtsein ist,
und wenn ihr überhaupt existiert
durch das, was ihr wißt –
dann wißt: Ich bin sowieso
zwischen Knochen, Steinen und Asche,
seit den Tagen, da ich mit dem ersten Werkzeug
die ersten Früchte vom Baum holte,
bis heute.

III

Jetzt betrachtest du mich unter Glas,
du Superkluger, he,
und was dir einfällt, während du mich hier
betrachtest, hältst du
für dein eigenes Bewußtsein, he
schon bist du auf frischer Tat ertappt!
Gib zurück, was du gestohlen hast!
Gib mir mein Bewußtsein zurück,
das die ersten Werkzeuge machte!
Gib es zurück! Du hast es gestohlen,
und jetzt bist du selbst sein Gefangener.

Einen einsamen Baum am Ufer, Pandanus Kirii, für eine Inspiration halten und ein Gedicht beginnen

Das Rad des Tages dreht sich schwer dem Mittag zu,
im Busch verstummt das Rauschen.
Ein Segelboot am Horizont
flüchtet sich unter schattige Palmen.

Der Markt liegt ausgebreitet.
Der Händler und das Getriebe des Platzes
kauern reglos in ihren Verstecken.
Hör vom Zenit
das Herz der Sonne schlagen.

Aus seiner Form und Masse geht jedes Ding
in andere Formen und Massen über.

Auch die Worte dieses Gedichts – in der Wärme werden sie
Fischschuppen, Meersalz, Salzkörner –
lösen sich auf,
in meinem Kopf bleibt ein leeres Goldfischglas,
in das von allen Seiten Fliegen schwärmen.

Mit kribbelnden Bläschen erreicht die Flut
heute am 20. Januar, 13 Uhr 58,
zwei Meter siebzig über Null.

(20.1.1978)

Wie sich die Bilder verändern im Kopf eines Gastarbeiters

Schönen guten Tag!
Wie geht's, wie geht's euch allesamt?
Wenn ihr mich fragt: Man hält die Augen offen,
also gut geht's mir, wirklich,
da ist so manches, was einem
im Kopf herumspukt, ganz tief
drinnen, versteht sich,
wenn auch die Worte fehlen,
es zu erzählen ...

I

Schaut mich nicht so an, Freunde,
ich hab meine Haare noch nicht blond gefärbt,
trotzdem erkenne ich mich
auf allen Bildern nicht wieder.
Die Esel schreien früh vor Tag
– staubige Tage.
Ich war einer, war in jedem
– jeder war einer.
Wir waren uns selbst genug
– was auch die Natur noch dazugab.

Wie ich das bin: ich,
waren die Pappeln Pappeln,
und der Geschmack der Tarhana-Suppe
immer gleich fade.
Ich war ich, war einer, war keiner.
Die Esel schreien früh vor Tag
– staubige Tage.

II

Ein bißchen Kapital hat mich mit entfernt.
Erst war ich ich, dann war ich keiner,
war jeder, aber nicht mehr ich.
Die Pappel war soweit noch Pappel,
aber Pappel war ich nicht.

Ein bißchen Kapital hat mich aus mir entfernt,
das bißchen Kapital, nach dem sich meine Hand
vergeblich reckte

III

(Ich hatte drei Träume,
einer war: nach Deutschland gehen,
den hab ich eingewechselt und aufgegeben.
Zwei sind noch in meiner Brieftasche.)

Ich hab Kapital produziert, ich hab Kapital.
Die alten Pappeln, wie halten sie's
    an ihren Plätzen aus?
Ich hab mich produziert, ich bin aus mir.
Jetzt fährt ein Lastwagen mit Anhänger
mal hin mal her mit meiner Ladung.

Und den Verhältnissen entsprechend
bin ich hier wer mit meinem Kapital.
Hier bin ich jeder, so wie alle, die wie ich sind.
Ich bin
    also was
        und bin auch wieder nichts.
    Fahrzeuge rollen früh vor Tag
        – finstere Tage.
    Die alten Pappeln, wie halten sie's
        an ihren Plätzen aus?

IV

Ihr habt mich alle diese Kleider anziehen lassen.
Jaja, ich hab sie mir alle selber ausgesucht.
Ich bin frei –
Anzug mit Weste, Trevira, 195 Mark
und 50 Pfennig
Krawatte 6 Mark 90
Halbschuhe 49 Mark und 50 Pfennig
– wenn ihr mal von der hektischen Ausgebesucht
meiner Brieftasche abseht.

Ich weiß: Jeden Samstag
taucht ein Dieb
seine Hand in meine Tasche.
Mit diesem Dieb
hab ich zu leben gelernt,
gewitzter Reklame folgend
lauf ich frei
von Kaufhaus zu Kaufhaus.

(Ich hatte drei Träume,
einer war: nach Deutschland gehen,
der zweite: Geld und Besitz,
die hab ich eingewechselt und ausgegeben.
Einer ist noch in meiner Brieftasche
und der soll auch drinbleiben.)

Tee, echter Tee, wenn über dem Dampf
die Teeblätter ziehen
– das mag ich.
Hammel-Kebab, über der Glut gewendet,
der Glut meines Inneren
– das mag ich.
Geduldig bin ich, an Augusttagen
die Sterne zählend,
aber ungeduldig bin ich, im Heute
das Morgen mir ausmalend:
Denn unsere Pappeln kommen hierher,
zwischen zwei Fabrikhallen strecke ich mich
in ihren langen schlanken Schatten.

Sag: Die alten Pappeln, wie halten sie's
an ihren Plätzen aus?
Und wenn ich die Flugkarte schickte, wie werden sie
übersiedeln?

(Dieses Gedicht braucht noch ein Protokoll.)

Protokoll

Wenn du jetzt zurückschaust auf die sechziger Jahre,
stellt sich heraus, daß deine Gedanken über uns
falsch waren.
Zwar stimmt's, daß wir in die Heimat zurückwollen,
und jedes Jahr gehen ein paar von uns zurück.
Unsere Zahl nimmt langsam um ein paar Leute ab.
Aber täusche dich nicht wegen der langsam
sich verringernden Zahl, das sind nur Arbeitskräfte.
Sieh, wie wir uns hier vermehren und Wurzeln schlagen.
Wir nehmen ab, aber wir vermehren uns und schlagen
Wurzeln. Denn wir bleiben. So wie sich draußen
die Bilder für uns verändert haben, haben sich auch
die Bilder in unseren Köpfen verändert. Die weggehen,
gehen. Die bleiben, schlagen hier Wurzeln und vermehren sich.

Wer will gegen dieses Naturgesetz angehen?
Es ist die Wirklichkeit, die sich leise unter dem Wasser fortbewegt.
Auf eine neue Wirklichkeit bewegen wir uns zu,
und ihr mit uns.

Die alten Bilder, im Schatten einer Pappel
aufgenommen, sind vergilbt.
Wir belichten sie neu
in einer Mittagspause am Fabriktor
und ziehen unsere neuen Gesichter
auf weißem Papier ab.
Wer weiß, vielleicht sind am Rand sogar
die alten Pappeln zu sehen,
schlank und schattig.

Plastikkoffer

Seit 1965 hatte ich eine fixe Idee: Ich wollte alle meine Gedichte in einer großen Sammlung vereinigen, die ich »Sefilname« nannte, das heißt etwa ELENDSCHRONIK. Aber als ich in Berlin seßhaft geworden war, veröffentlichte ich viele Texte daraus unter anderen Titeln. »Sefilname« enthält Gedichte, die in meine Bücher keinen Eingang fanden. Auch »Plastikkoffer« ist eines dieser Gedichte. Ich hatte es in meinen Band PRIVATEXIL hineinnehmen wollen, aber der Verlag sortierte es aus. Hier ist es nun.

Zuerst kaufte ich mir einen Koffer auf dem Flohmarkt,
so einen billigen aus Plastik.
Wer weiß, was der schon von der Welt
gesehen und wer den schon geschleppt hat,
erschöpft auf staubiger Landstraße.

Ich packte einen Umschlag mit Fotos,
einen Aktenordner Gedichte, ein paar Bücher,
zwei Hemden, dreimal Unterwäsche, Strümpfe,
Zahnbürste, Rasierzeug und Handtuch hinein.
Zwischen die Wäsche noch ein Sträußchen Lavendel, die Reise
konnte losgehen.

Jetzt ist mir, als hätte ich einige Dinge vergessen,
und die wären wichtiger gewesen
als Fotos, Gedichte, Bücher, Hemden, Wäsche,
Strümpfe, Zahnbürste, Rasierzeug und Handtuch.

Ich bin immer noch mit dem Plastikkoffer unterwegs,
aber ich bereue es nicht.
Wenn wir immer nur bereuen,
wie können wir da glücklich sein?
Woher dann das Lachen in unserem Gesicht?

Sehnsucht

Es war immer das gleiche: Der Mond, ein Stern,
ein Tag, ein Augenblick, kein besonderer vielleicht,
ich fühlte mich sehr einsam und betrogen,
schloß mich in Hotelzimmern ein –
jene Einsamkeit genießend –
dachte ich an Istanbul.

Ich fahre jedoch nicht nach Istanbul;
warum auch, in Gedanken bin ich immer dort:
Ich sitze jetzt auf dem Balkon mit blühenden Judasbäumen.
Dein Blick von ferne jagte mir Schauer über den Rücken,
die Kuppeln wie ein Schluchzen in meinem Hals,
an deinen Wimpern hingen traurige Wolken,
und die Kalligraphien in alten Schriften sind wie Pfeile;
dann kam jenes »Deiner Liebe wegen«, durchbohrte mein Herz,
und der schwere Beton verwandelte sich
in Tränen aus Blut, zerriß den Horizont ...

In Gedanken bin ich immer in Istanbul,
und die Trauer, ja, ich führe sie stets bei mir im Koffer.

Ein Chronogramm verfertigen

Die rosa Blätter der Morgenröte gehen auf.
Der Tag endet traurig und beginnt traurig.
Die große Geschichte hat mich zu einem Nichts gemacht.

Nun beginnt meine Identität ohne Geschichte.

Und Ungeziefer nagt unter meiner Haut
an all den alten Illusionen.

Monolog eines Einzelgängers

Ich marschiere unter keiner Fahne,
mir genügt der Himmel da droben,
ob blau, ob schmutziggrau,
der freie Himmel über mir ist mir genug.

Jede Sprache trennt mich von dir,
jede Sprache bringt mich dir näher;
aber keine Sprache kann mich so genau beschreiben,
wie die Gesamtheit aller Sprachen dieser Welt.

Wir beide kennen keine nationalen Tugenden,
Ehrerbietung, Haß und Verachtung: die verlogene Moral in den politischen Reden ...
Die Geschichte: unsere freudvolle, leiderfüllte Vergangenheit –
gemeinsames Bewußtsein unseres unterschiedlichen Nationalcharakters.

Das Unbehagen an einem Gedicht

Ein paar Bilder in meinem Kopf,
die nicht zu einem Gedicht werden:

Ein Albtraum voller Bilder, Europa,
eine riesige im Kühlschrank versteckte Leiche
und ihr Gestank überdeckt von allerlei Saucen,
vom Weg abgekommene Missionare,

...

Das brachte den ganzen Tag durcheinander.

Ich veränderte die Bilder, stellte sie um:

Im Kühlschrank versteckte Missionare,
Europa, eine riesige Leiche mit Bildern,
allerlei Saucen überdecken ihren Gestank

...

Nein, keines paßte, dabei war der Tag zu Ende.

Bei jedem Schluck Bier wurde der Himmel grauer,
nahm die Zahl der Stimmen zu, die der Freunde ab.
Die Geliebte mit den geschminkten Augen kam nicht;
das, worauf man wartete, ach, konnte sie nicht sein.

Täter unbekannt

Ein Mord, wie ein Mord sein muß:
im Umkreis des Opfers keine Spuren,
jeder ist verdächtig, alles wird überprüft,
dieser Himmel, dieser Regen, Bäume, Blüten, dieser Vogel.

Sie können meine Fingerabdrücke nehmen, bitte sehr,
die Nummer meines Ausweises ist: TR – B 299 136,
nur legen Sie nicht zuviel Gewicht auf die Zeugen:
Es sind alles Nachbarn.
Aber bitte sehr, mein Herr, der Mörder bin ich nicht.

Wer hat den Himmel mit Wolken vollgepackt?
Wer hat den Regen heruntergelassen? Was ist das
für ein unverständliches Flüstern der Bäume im Wind?
Woher soll ich wissen: welche Blume, was für ein Vogel! –
Aber bitte sehr, mein Herr, der Mörder bin ich nicht.

Die Zahlen sind wissenschaftlich, sie lügen nicht,
sämtliche Aussagen zusammengenommen: Alles stimmt.
Protokolle, Meinungen, die Auswertung der Indizien: Alles spricht dafür.
Aber keine Bürokratie erfaßt mich als ich.
Bitte sehr, mein Herr, der Mörder bin ich nicht.

Verzeiht mir, Nachbarn

Heute nacht vor eurer Tür –
wer hat da solchen Lärm gemacht?
Das bin wohl ich gewesen.
In meiner Kehle alle Lieder Haci Arifs
und zwischen meinen Beinen dieser Vogel, der
laut zwitscherte und gar nicht fliegen wollte –
ich hatte wohl zu tief ins Glas geschaut.

Verzeiht, was haben jene alten Tage so spät noch
in eurer Ruhe zu suchen?

Nomandenzelte rotwangige Knaben,
die Frauen breit gebaut und stark,
der krumme Dolch nur in der Scheide friedlich,
die Kesselpauke schlägt, die Federbüsche
wippen im Wind, die Hufe klappern,
nach Westen, nur nach Westen,
geht der Sturm, ein Liebesrausch,
der uns an diese Wand genagelt hat,
doch immer noch tun uns vom Laufen
die Füße weh, auch wenn wir uns
nicht von der Stelle rühren,
und die Laute hört nicht auf zu spielen –

verzeiht, was haben jene alten Tage so spät noch
vor eurer Tür zu suchen?

es war eine Hoffnung, ein wenig von fern,
ein wenig von früher, aber immer von neuem ...

Die Müdigkeit hing in unserem Schnurrbart,
wir brachen auf und wanderten weiter,
ohne zu wissen, daß Zeit vergeht,
wir glaubten, da sind nur wir.
Ein Duft von Fladenbrot, von Kebab aus der Steppe ...

Verzeiht, was hat ein ferner Erdteil
hier vor eurer Tür zu suchen?

Zu dieser Stunde dieser Lärm, und ihr wolltet schon einschlafen ...
Auch wir sind mit dem Vorgefundenen nicht zufrieden.
Wie wenn man Kindern einen Lutscher kauft
und sie zur Ruhe bringt, so halten wir
ein Stückchen bunte Hoffnung in der Hand,
und wollen immer mehr.
Was fehlt uns denn?
Das Bewußtsein, ein Volk zu sein? Was haben wir damit zu schaffen,
werdet ihr sagen, der Bauch ist voll,
der Rücken gerade, auch wenn
nicht alles vollkommen ist.

Verzeiht, was hat dieser Lärm
hier vor eurer Tür zu suchen?

Dieser Lärm,
dieser Erdteil,
diese alten Tage,
was haben sie
vor eurer Tür zu suchen?

Ihr Nachbarn alle zusammen,
verzeiht mir.

Eine Metropole ist kein Völkerkundemuseum

[…] Die Notwendigkeit des gemeinsamen Lebens innerhalb der Stadt versöhnt.

Da ich, wenn ich von Metropolenkultur spreche, von ihrer Multikulturalität und Kosmopolität ausgehe, glaube ich, daß es in diesem Zusammenhang unangebracht ist, vom »Krieg der Kulturen« zu reden. Im Gegenteil ist Multikulturalität in den Metropolen etwas Unverzichtbares. Sie ist Lebenswasser. Ähnlich sind es auch die Kulturbeziehungen zwischen den Ländern. Vor allem ist dieser Blick aber ein Blick in eine Ära der Globalisierung, in die Epoche der Auflösung alter Lebenszusammenhänge. Althergebrachte Strukturen sind verlorengegangen, oder sie haben zumindest ihre Wirkung eingebüßt. Die entstandene Leere wird jeden Tag spürbarer von einer kleinbürgerlichen Konsumkultur besetzt. Berlin ist in dieser Phase mit noch einer anderen Problematik konfrontiert. Das Zusammentreffen der westlichen und östlichen Kulturen; in beiden Dimensionen: sowohl mit dem eigenen Osten als auch dem fremden Osten. Beide sind noch immer mitten in Berlin. Auf diese Weise pulsiert die Hauptstadt. Noch immer gerät dabei manches provinziell und dörflich, manches wiederum exotisch. All dies sind die Nebenarme eines großen Flusses. Der Fluß, der von diesen Armen zehrt, fließt irgendwann in ein gemeinsames Potenzial der Menschheit. Metropolen ähneln letztlich einem großen Kulturdelta.

Gewiß ist, daß der Metropolenmensch seine geistige Entfaltung ohne fremde Kulturen nicht vervollständigen kann. Er kann nicht zum Weltstadtmenschen werden, er kann nicht die Weltstadtkultur erschaffen, die ja letztlich sein eigenes Leben bereichert. Seinem kleinlichen Provinzlertum verhaftet, erreicht das Licht einer Weltstadtkultur nicht einmal seine Nasenspitze. Gerade deshalb ist es notwendig, alle Kulturarme, seien sie aus dem Inland oder Ausland, zu verstädtern. Ja, wer in einer Metropole leben will, soll sich kein Vakuum schaffen. Er soll mit der Zeit zum Großstadtmenschen, zum Citoyen werden. Dies hat nicht nur etwas mit der Sprache zu tun, sondern mit einer weltoffenen, eigenständigen Geisteshaltung. Was nützt einer Metropole ein ewiger Untertan.

Unsere Metropolen warten auf die Menschen der Zukunft. Deshalb erneuern sie sich.

[...]

Wir müssen unsere Betrachtungsweise und die politische Praxis gegenüber Menschen ausländischer Herkunft überdenken.

Auch unsere Vorurteile ihnen gegenüber.

Was die reale Politik bis jetzt versäumte, nämlich: sich zu fragen, welche eingereiste Kultur sie fördern wollte. Denn diese war ja eine ländliche Kultur, die keineswegs in eine Metropole paßte. Deswegen darf es niemanden wundern, daß inzwischen kulturelle Nischen entstanden sind. Anstatt eine kosmopolitische Großstadtkultur zu schaffen, neigte man dazu, mit vielen Kulturen ein Völkerkundemuseum einzurichten. Aber wie wir wissen, können Museen manchmal realitätsferne und weltfremde Nischen sein, die, wenn man sie verläßt, zu Orientierungsschwierigkeiten führen.

Sie haben die Wahl, und es ist noch nicht zu spät. Denn alles fängt neu an. Die Demokratie in der Bundesrepublik ist erst 50 Jahre alt.

Ich bedanke mich.

Was bleibt?

»TÜRKEN RAUS« sagen sie ...
Aber wenn wir gehen
und diese vergoldete Demokratie mitnehmen,
was bleibt?

Es bleibt der verrostete Himmel da oben.

GÖÇ

Göç yolları tıkadı.
Hoy
hoy
hoy.
Bir başka yerde bir başka biçimde olmak için.
Hoy
hoy
hoy.
Değişmediler aynı kaldılar.
Bir başka zaman bir başka yerde
bir başka biçimde
bir başka göç belki yeniden.
Hoy
hoy
hoy.

1.

Göçebe çadırlarını topladılar,
biraz peksimet biraz çökelek biraz da bulgur yanlarında
ve üç beş kıl keçisi şimdi çobansız yamaçlarda kaldılar.

Közlenen ateşin minik gözleri/bozkırda cızırtılar
yahut akşam güneşi
yahut sıcak bir akşamın sıcaklığı
bozkırda tenha bir ayindir.

Göç yolları tıkadı.
Hoy
hoy
hoy.

Ve ben askerken doğan çocuk!
Yarınlar ona göredir
ve çalılar peşinden gelenek diye sürüklenir.

2.

(Aslen Sivas'ın Ali Baba mahallesinden olup
Fatma'dan doğma Ali oğlu 1947 doğumlu
Mustafa Derepınar kalktı 1965 yılının
baharında batıya vardı.)
Gömüş gönünden çarık potur pantalon
ve dengesi tamdı.
Elleri güven verirdi,iri elleri
ve yanımda oluşu rahattı.
Ve her gördüğünü usunda
hemen onaylardı.
Büyük gözlerinde birden
küçücük dünyayı seyretti:
Her şey yerli yerinde
uygun
ve sakindi.
Ve sessizdi yıllar yılı durmakta olan
değişimsiz doğa insanı.

Göç yolları tıkadı.
Hoy
hoy
hoy.

Ve 1965 yılının baharında böyle olup
batıya vardı
her şey umuttu.

B o z k ı r   Y a d a   U m u t   T ü r k ü s ü

çiçeklerin hiç böylesini görmedim
                iri güller açar
                bir diken
                mor ve iri
acısı keser bıçak gibi
bir gülüyorum tri-nitro-gliserin
bir gülüyorum bir gülüyorum
                bir diken
                mor ve iri
yorgun kaputlarına büzülerek askerler
ağır gelir omuzlarında bir mavzer asılıdır
bir giderler bir giderler
bir gider sesleri
                bir diken
                mor ve iri

~~(MXÖX~~
(M.Ö. 14 yıllarında
 avcılar kopup gelip Rhein boylarından
 Roma'nın mermer hamamlarına
                    yaban yerlerinin
                      yaban kokularını taşıdılar.)
Ve yirminci yüzyılın ikinci yarısında:
                      Sicilya'lı sandalcı

tuz ve ağlarını bırakıp
hasır sepetlerinde
ve tembel kollarında
umutları...
Ve Sivas'lı durgun doğa insanı
ve Necef'li esmer bedevi
rızkını aramak için
düştü yollara
ve büyük gözlerinde birden küçücük dünyayı seyretti
yaban yerlerinin bu ilk düşüncesi:
her şey umuttu.
Hoy
hoy
hoy
göç yolları tıkadı.

3.

Bu asırda bir daha devletleri sınırsız düşündüm
insanları kardeş güleryüzlü
döner bir akbaba tepemizde ölümdü.

Yeryüzünün hür insanları,
insan kardeşlerim!
Uyumsuz bir dönemdeyiz,
uyumsuz bir dönemdeyiz
ve döner bir akbaba tepemizde ölümdü.

Gördüğüm her gülüş -ölümdü.
Duyduğum her sevgi -ölümdü.
Dokunduğum her sevinç -ölümdü.
Bir diğerini alt edip yaşamak için.
Bir diğerini alt edip yaşamak için.

Ve en uygar kentler en yabansı bir ormandı
bir diğerini alt edip avlanmak için.

4.

Av kaçar,avcı kovalar-av olur.
Bozkırda kıtlık vardı;
göç yolları tıkadı.
Hoy
hoy
hoy.
Kalktık buralara geldik,
sırtımızda bir koca kaya gurbet taşıdık.

G u r b e t   T ü r k ü s ü

en gülerken yıktılar
en uçarken vurdular
ah gençliğim
fabrika kara
fabrika içi
akşam gibi
çöktü üstümüze

kara tren
kara tren
bize gurbet taşır
kara tren
kara tren
yarime haber ulaştır

gözyaşım dereler gibidir
boz bulanık akar gider
kara tren
kara tren
benden kaçar gider

beni sorarsanız eğer
iki gözüm iki çeşme
hep umutlarım yele gider

5.
Göç yolları tıkadı
bir başka yerde yeniden olmak için.
Hoy
hoy
hoy.
Fatma kadın-bahtsız kadın
dizinde bir yeni Mustafa yeni yarınlara
ninni söyler ve ötede uzanır da uzanır
bir uzun bozkır...

N i n n i

ninni mustafam ninni
kara kaşların uyusun
kara gözlerin uyusun
ninni mustafam ninni

Bozkırda umut daha yitmemiştir
bozkır daha yaşıyordur
                    mor ve iri güllerinde
                          bir dikenin.

~~Ankara, 1965~~

ICH, WER IST DAS?

Ein Nachwort von Friederike Fahrenhorst

»Meine Biographie ist ein zur Seite gekipptes Schiff in einer Wasserlache«. Eine über 30 Jahre alte Zeile, die etwas grundsätzlich Gültiges ausdrückt. Es ist der sachliche, nüchterne Ton der Traurigkeit, der Melancholie, der Sound des Sich-fremd-Fühlens mit dem, was man innerlich mit sich trägt und in was man äußerlich hineingeraten ist: von einem Land ins andere. »Europa – soll ich es ein eingelaufenes Kleid nennen?« Der Ton der enttäuschten Erwartungen, aber auch die Melodie einer plötzlichen, aus dem scheinbaren Nichts herausbrechenden Heiterkeit, die auf einem tief durchdachten »Ich will (über)leben« fußt. Eine souveräne, im Inneren erlebte Heiterkeit, in der die Sonne und das Meer des Südens, die Gerüche von Ambra und Moschus, der Duft der Steppe mitschwingen.

Es gehört Disziplin dazu, diesen inneren Ton nicht zu verlieren. Aus den Stein- und Eisengärten von Aras Ören, in denen sich die Neuankömmlinge wiederfanden, sind heute überfüllte Turnhallen und Wohncontainer geworden. Im Ton abgeklärter poetischer Nüchternheit und realitätsnaher Empfindsamkeit, ganz und gar selbstmitleidslos und weit weg von luxuriöser Introspektion berichtet hier einer, der sich zum Glück entschlossen hat. Einer, der einfach behauptet: »Die Fremde ist auch ein Haus«.

Als einer der ersten hat Aras Ören in seiner Literatur anschaulich gemacht, wie das Stigma des Andersseins durch subtilen oder offenen Hass und ausgrenzende Blicke in die Haut der Fremden geritzt wird. Dem vorausgegangen ist ein Abgrenzungsprozess, in dem die Fremden stillschweigend von den Einheimischen zur Eingrenzung und Definition der eigenen Identität herangezogen und missbraucht wurden. Ist die porös und angeschlagen oder gar nicht erst entwickelt, gerät alles Fremde schnell zum zerstörerischen Aggressor, den es zu bekämpfen gilt. Ein psychologisches Faktum, das die Fremden selten reflektieren, aber atmosphärisch sehr wohl wahrnehmen.

Örens liebevoll-sezierender Blick fällt auch auf die Fremden selbst, ihr verquastes, unaufgeklärtes Verhältnis zu Sexualität und Liebe, Körperlichkeit und Hygiene, ihr manchmal autoritärer, gebieterischer Umgang mit Familienmitgliedern, ihre Art, sich zu kleiden und ihre Kinder zu erziehen, oft einer aufgeklärten Welt nicht gemäß. Ein Leben schwankend zwischen ungewollter Komik und echter Tragik. Es entsteht ein Kaleidoskop von Menschen, die von einem archaisch geprägten Zeitalter in die Moderne verschlagen wurden, die ihnen nichts sagt, sie einschüchtert und zum Rückzug bewegt. Wer gänzlich verunsichert ist, ist nicht unbedingt mutig, sondern klammert sich an Altvertrautes, die Sprache, Gewohnheiten und Gemeinschaften des vorausgegangenen, prägenden Lebens. Menschen einer modernen Gesellschaft treffen auf Menschen, die an maßgeblichen Zivilisationsprozessen über Jahrhunderte nicht teilgenommen haben und dies nun im Schnelldurchlauf nachholen müssen. Altes Wissen aus der eigenen Kultur verschwindet, neues Wissen wird mit Skepsis beäugt, denn es könnte das, was von der eigenen Kultur geblieben ist, endgültig verdrängen. Wie Verzweifelte, Betäubte klammern sich Fremde häufig an ihre Sprache, wollen sie nicht loslassen. Sie ist oft der letzte Rest, der die eigene Identität nicht auseinanderfallen lässt. Wie viel kann man von diesem immateriellen Besitz aufgeben, ohne dass das verbleibende Ich auseinanderfällt? Und was macht es mit einem Menschen, wenn er die neue Sprache nicht beherrschen lernt, radebricht, nur einzelne Worte hervorbringt mit fahrlässiger Grammatik? Wenn auch im Erwachsenenalter nur Kindersätze aus ihm herauspurzeln, die ihn oder sie sofort als Fremden oder Fremde sichtbar machen? Wie gehen Menschen mit dieser Art

Dauerkränkung um? Sie bleiben in ihrer eigenen (Fantasie-)Welt stets anfällig für Demagogen, die Zugehörigkeit versprechen und Selbstbewusstsein einhauchen.

Und was wird aus jenen, die diese Erfahrung nicht länger machen wollen? Die alles hinter sich lassen, sich an nichts erinnern und ein neues Leben beginnen möchten? In freudschen Kategorien hieße das: Das alte Über-Ich, gespeist aus den moralischen und ethischen Vorstellungen ihrer Herkunft und Gesellschaft soll abgestreift werden wie ein aus der Mode gekommenes, nutzloses Kleidungsstück. Ein neues Über-Ich soll in Windeseile konstruiert werden, eines, das das Ich, den Menschen in der modernen Welt, nun steuern soll. Was für ein barbarischer, zerstörerischer und kräftezehrender Akt, dazu langwierig, wenn er denn überhaupt gelingt. Das alte Ich wird angefeindet, bedrängt und wenn möglich zerstört. Es wird entwertet, zerschlagen, misshandelt und schließlich vernichtet. Was zuvor gut war, ist plötzlich nichts mehr wert. Zur physischen Entwurzelung kommt jetzt die geistige hinzu. In ihrem Essay »Wir Flüchtlinge« schreibt die jüdische Intellektuelle Hannah Arendt bereits 1943: »Wir haben unser Zuhause und damit die Vertrautheit des Alltags verloren. (...)Wir haben unsere Sprache verloren und mit ihr die Natürlichkeit unserer Reaktionen, die Einfachheit unserer Gebärden und den ungezwungenen Ausdruck unserer Gefühle. Unsere Identität wechselt so häufig, dass keiner herausfinden kann, wer wir eigentlich sind. (...) Und das bedeutet den Zusammenbruch unserer privaten Welt.«

Aras Ören hat all dies schon in den 70er und 80er Jahren in poetische Sprache übersetzt. Er wählt die literarische Form und beschreibt die individuellen Anpassungsleistungen der neu Hinzugekommenen in literarischen, sehr eigenen und ausdrucksstarken Worten. Ihre Beklemmungen in der neuen Heimat, aber auch ihre kleinen Fluchten und Erfolge werden nicht ausgespart. Das, was in ihnen vorgeht, was sie ausgehalten haben, ihren Mut, ihren Durchhaltewillen, aber auch ihre Dumpfheit und Verbohrtheit, ihr Stehenbleiben in einer anderen Zeit.

Ören entwirft ein Psychogramm derer, die aus einer archaischen Zeit in der Jetztzeit landeten. Er hat all dies eingefangen. Auch nach mehr als 30 Jahren hat diese Literatur nichts von ihrer Eindringlichkeit, Zartheit, analytischen Schärfe und tiefen menschlichen Einsicht verloren.

Ein Land verlassen, in einem neuen ankommen und Erfahrungen sammeln, fühlt sich immer noch ähnlich an. Führt zu Deprivationserscheinungen, Abspaltungen, psychischen Hilfskonstruktionen, die das eigene Selbst beschützen sollen. Diese Mechanismen des Selbstschutzes der Fremden fasst Aras Ören in Sprache. Ebenso wie die Maßnahmen des Selbstschutzes der »Eingeborenen«. Es ist diese Lesart, die dem Autor nicht nur Gegenwartsbezug und Aktualität bescheinigt. Es ist das tief nachgespürte und in Sprache gebannte zeitlose Gefühl von Fremdheit, dass quer durch alle Jahrhunderte die Wanderer von Land zu Land begleitet hat. Über Zeit, Raum und Ethnien hinweg greift Ören das große Thema des Sich-fremd-Fühlens auf. Es ist diese Universalität, die seinem Werk zeitlosen Bestand verleiht und es zu einem Klassiker macht.

Quellenverzeichnis

Deutschland, ein türkisches Märchen. Aus: Deutschland ein türkisches Märchen. Gedichte. Übersetzt von Gisela Kraft, Claassen Verlag 1978.

Was ist los in der Naunynstraße? (Fragment) Aus: Deutschland ein türkisches Märchen. Gedichte Übersetzt von Gisela Kraft, Claassen Verlag 1978.

Der Mann, der Europa veränderte. Aus: Das Wrack. Second-hand Bilder. Übersetzt von Helga Dağyeli-Bohne und Yıldırım Dağyeli. Dağyeli Verlag, 1986.

Die Achthunderttausend. Aus: Der Kurze Traum aus Kagithane. Übersetzt von H. Achmet Schmide, bearbeitet von Jürgen Theobaldy. Rotbuch Verlag 1974.

Fazil Usta war einer von ihnen. Aus: Der Kurze Traum aus Kagithane. Übersetzt von H. Achmet Schmide, bearbeitet von Jürgen Theobaldy. Rotbuch Verlag 1974.

Halime flocht ihre schwarzen Haare. Aus: Der Kurze Traum aus Kagithane. Übersetzt von H. Achmet Schmide, bearbeitet von Jürgen Theobaldy. Rotbuch Verlag 1974.

Kázim Akkayas Antwort oder: Dann gehe ich eben zum Staat. Aus: Der Kurze Traum aus Kagithane. Übersetzt von H. Achmet Schmide, bearbeitet von Jürgen Theobaldy. Rotbuch Verlag 1974.

Niyazi zieht Bilanz. Aus: Was Will Niyazi in der Naunynstraße. Übersetzt von Johannes Schenk, H. Achmed Schmiede. Rotbuch Verlag, 1974. Abdruck mit freundlicher Genehmigung der Akademie der Künste, Berlin.

Rache. Aus: Die Fremde ist auch ein Haus. Übersetzt von Gisela Kraft. Rotbuch Verlag 1980.

Nejdets Unbehagen. Aus: Die Fremde ist auch ein Haus. Übersetzt von Gisela Kraft. Rotbuch Verlag 1980.

Die Fremde ist auch ein Haus. Aus: Die Fremde ist auch ein Haus. Übersetzt von Gisela Kraft. Rotbuch Verlag 1980.

Die Kassiererin. Aus: Der Gastkonsument. Übersetzt von Helga Dağyeli-Bohne und Yıldırım Dağyeli. Rotbuch Verlag 1982.

Begegnung. Aus: Der Gastkonsument. Übersetzt von Helga Dağyeli-Bohne und Yıldırım Dağyeli. Rotbuch Verlag 1982.

Das Café (1980). Aus: Paradies kaputt. Übersetzt von Helga Dağyeli-Bohne und Yıldırım Dağyeli. Deutscher Taschenbuch Verlag 1986.

Haß (1980). Aus: Paradies kaputt. Übersetzt von Helga Dağyeli-Bohne und Yıldırım Dağyeli. Deutscher Taschenbuch Verlag 1986.

Paradies kaputt (1982). Aus: Paradies kaputt. Übersetzt von Helga Dağyeli-Bohne und Yıldırım Dağyeli. Deutscher Taschenbuch Verlag 1986.

Traurigkeit (1982). Aus: Paradies kaputt. Übersetzt von Helga Dağyeli-Bohne und Yıldırım Dağyeli. Deutscher Taschenbuch Verlag 1986.

Bitte Nix Polizei. Aus: Bitte Nix Polizei – Kriminalerzählung. Übersetzt von Cornelius Bischoff, Claassen Verlag, 1981.

Manege. Übersetzt von Helga Dağyeli-Bohne und Yıldırım Dağyeli, Claassen Verlag, 1983.

Eine verspätete Abrechnung oder: Der Aufstieg der Gündoğdus. Übersetzt von Zafer Senocak und Eva Hund, Dağyeli Verlag, 1988.

Dichter predigen in Schleswig-Holstein. Aus: Dichter predigen in Schleswig-Holstein. Herausgegeben von Hans-Joachim Schädlich. Literaturgesellschaft Schleswig-Holstein. Radius 1991.

Berlin Savignyplatz. Übersetzt von Deniz Göktürk, Elefanten Press Verlag 1995.

Privatexil. Aus: Privatexil. Übersetzt von Gisela Kraft, Rotbuch Verlag 1979.

Wegwerfarbeiter. Aus: Privatexil. Übersetzt von Gisela Kraft, Rotbuch Verlag 1979.

Reisen von Berlin nach Berlin (Auszüge). Aus: Gefühllosigkeiten; Reisen von Berlin nach Berlin; übersetzt von Yüksel Pazerkaya, Dağyeli Verlag 1986.

Klagelied. Aus: Das Wrack. Second-hand Bilder. Übersetzt von Helga Dağyeli-Bohne und Yıldırım Dağyeli, Dağyeli Verlag 1986.

Feinheiten. Aus: Das Wrack. Second-hand Bilder. Übersetzt von Helga Dağyeli-Bohne und Yıldırım Dağyeli, Dağyeli Verlag 1986.

Briefe an F. C. Sansibar, Tansania. Aus: Deutschland – ein türkisches Märchen. Übersetzt von Gisela Kraft, Claassen-Verlag 1978.

Wie sich die Bilder verändern im Kopf eines Gastarbeiters. Aus: Deutschland – ein Türkisches Märchen. Übersetzt von Gisela Kraft, Claassen-Verlag 1978.

Protokoll. Aus: Deutschland – ein Türkisches Märchen. Übersetzt von Gisela Kraft, Claassen-Verlag 1978.

Plastikkoffer. Aus: Mitten in der Odyssee. Übersetzt von Gisela Kraft. Claassen Verlag, 1980.

Sehnsucht. Aus: Das Wrack. Second-hand Bilder. Übersetzt von Helga Dağyeli-Bohne & Yıldırım Dağyeli, Dağyeli Verlag, 1986.

Ein Chronogramm verfertigen.Aus: Das Das Wrack. Second-hand Bilder. Übersetzt von Helga Dağyeli-Bohne & Yıldırım Dağyeli, Dağyeli Verlag, 1986.

Monolog eines Einzelgängers. Aus: Das Wrack. Second-hand Bilder. Übersetzt von Helga Dağyeli-Bohne & Yıldırım Dağyeli, Dağyeli Verlag, 1986.

Das Unbehagen an einem Gedicht. Aus: Das Wrack. Second-hand Bilder. Übersetzt von Helga Dağyeli-Bohne & Yıldırım Dağyeli, Dağyeli Verlag, 1986.

Täter unbekannt. Aus: Mitten in der Odyssee. Übersetzt von Gisela Kraft, Claassen Verlag 1980.

Verzeiht mir Nachbarn. Aus: Mitten in der Odyssee. Übersetzt von Gisela Kraft, Claasen Verlag 1980.

Eine Metropole ist kein Völkerkundemuseum. Aus: Privat Exil – Ein Programm. Eine Metropole ist kein Völkerkundemuseum. Übersetzt von Dr. Cem Dalaman, Konkursbuchverlag, 1999.

Was bleibt? Aus: Das Wrack. Second-hand Bilder. Übersetzt von Helga Dağyeli-Bohne & Yıldırım Dağyeli, Dağyeli Verlag, 1986.

Göç (1965) Erstveröffentlichung.

Inhalt